u books

ゴドーを待ちながら

サミュエル・ベケット

安堂信也／高橋康也＝訳

白水 u ブックス

Samuel Beckett
EN ATTENDANT GODOT

目次

ゴドーを待ちながら　二幕

人物

エストラゴン（ゴゴ）
ヴラジーミル（ディディ）
ラッキー
ポッツォ
男の子

第一幕

田舎道。一本の木。

夕暮れ。

エストラゴンが道端に坐って、靴を片方、脱ごうとしている。ハアハア言いながら、夢中になって両手で引っ張る。力尽きてやめ、肩で息をつきながら休み、そしてまた始める。

同じことの繰り返し。

ヴラジーミル、出て来る。

エストラゴン　（またあきらめて）どうにもならん。[1]

ヴラジーミル　（がに股[2]で、ぎくしゃくと、小刻みな足取りで近づきながら）いや、そうかもしれん。[3]（じっと立ち止まる）そんな考えに取りつかれちゃならんと思ってわたしは、長いこと自分に言いきかせてきたんだ。ヴラジーミル、まあ考えてみろ、まだなにもかもやってみたわけじゃない。で……また戦い始めた。（戦いのことを思いながら、瞑想にふける。エストラゴンに）やあ、おまえ、またいるな、そこに。

エストラゴン　そうかな？[4]
ヴラジーミル　うれしいよ、また会えて。もう行っちまったきりだと思ってた。
エストラゴン　おれもね。
ヴラジーミル　何をするかな、この再会を祝して……（考える）立ってくれ、ひとつ抱擁しよう。
（エストラゴンに手を伸べる）
エストラゴン　（いらいらして）あとで、あとで。

沈黙。

ヴラジーミル　（白けて、冷たく）昨晩は、閣下はどちらでおやすみだったかうかがえますかい？
エストラゴン　溝《どぶ》の中だ。
ヴラジーミル　（びっくりして）溝《どぶ》！　どこだね、そりゃ？
エストラゴン　（身ぶりなしに）あっちの方さ。
ヴラジーミル　それで、ぶたれなかったかい？
エストラゴン　ぶたれたとも……でも、それほどでもない。[5]
ヴラジーミル　やっぱり同じやつらだな。

エストラゴン　同じやつ？　どうかな。[6]

沈黙。

ヴラジーミル　考えてみりゃ……前っからもう……わたしはそう思ってるんだ……わたしがいなかったら……おまえはどうなっていたか……（きっぱりと）今ごろはまさに、ひと握りの骨くずってとこだ、間違いない。
エストラゴン　（むっとして）それがどうした？
ヴラジーミル　（沈痛に）全く男一人をこうまでいじめなくってもなあ。（間。勢いこんで）しかし、また、今となっちゃ、めそめそしたってしかたがない。わたしはそう思うよ。そう考えてみりゃあ、よかったのはずーっと昔のことだ。まず一九〇〇年頃かな。
エストラゴン　たくさんだ。それよりこいつを脱ぐのを手伝ってくれ。
ヴラジーミル　手に手を取って、エッフェル塔の上から身投げすることもできたろう。[7] 先頭切ってね。あの頃はわたしたちもりっぱな身なりをしていたもんだ。今じゃもう手おくれさ。もう塔に登らせてもらえやしない。（エストラゴンは、夢中になって靴に取りついている）何をしているのかね？

エストラゴン　靴を脱いでるんだ。おまえは脱いだことないのかよ？

ヴラジーミル　きのうやきょうじゃないじゃないか、全く。靴は毎日脱げよって言ってる。わたしの言うことを聞いときゃよかったのに。

エストラゴン　（弱々しく）手伝ってくれ。

ヴラジーミル　痛いのかい？

エストラゴン　痛い！　こいつときたら、いまさら痛いのかときた。

ヴラジーミル　（憤然として）そうだろうとも、苦しむのはいつもおまえだけなんだろうよ。わたしは問題にならないんだ。おまえがわたしの身代わりになったところを一度見たいよ。少しは言うことが変わるだろうって。

エストラゴン　おまえも痛かったこと、あるのかい？

ヴラジーミル　痛かった！　こいつときたら、いまさら痛かったかときた。[8]

エストラゴン　（人さし指を突き出し）だからっておまえ、ボタンをはずしっぱなしにしとくことはなかろう。

ヴラジーミル　（下を見て）ほんとだ。（ボタンをはめながら）小さいものでも野放しはいけない。

エストラゴン　むりもないがね。おまえは、いつでも、最後の瞬間までがまんしているんだから。

ヴラジーミル　（夢みるように）最後の瞬間[9]……（瞑想）まだまだだ、しかし、きっとすばらしいぞ。

そう言ったのは誰だっけ[10]？
エストラゴン　手伝ってくれないのかい？
ヴラジーミル　ときには、わたしも、それがとにかくやってくると思う。すると、なんだか、まるでこう妙な気分になる。（帽子をとって、中を眺め、手でかき回し、ふるってみてから、またかぶる）なんと言ったもんか？　ほっとして、同時にこう……（言葉を捜す）……慄然《りつぜん》として。[11]（おおげさに）**り-つ-ぜ-ん**としてだ。（また帽子をとって、中を眺める）おやおや！（帽子の中からなにかを追い出すように叩いて、再び中を眺めてから、かぶる）しかしまあ……（エストラゴンは、たいへんな努力のおかげで、靴を脱ぐことに成功する。彼は靴の中を眺め、手を突っ込んでみる。それから、ひっくり返して、ふるう。地面になにか落ちなかったか捜す。なにも見つからない。再び手を中に入れる。ぼんやりした目つき）どうだね？
エストラゴン　なんにもない。
ヴラジーミル　見せてごらん。
エストラゴン　見たってなんにもないよ。
ヴラジーミル　もう一度はいてみな。

エストラゴン　（自分の足をしらべてみてから）ちょっと風に当てよう。

ヴラジーミル　まさにこれが人間さ、悪いのは自分の足なのに靴のせいにする。（再び帽子をとって、中を眺め、手でかき回し、ふるってみて、上から叩いたり、中を吹いたりしてから、またかぶる）少々心配になってきた。（沈黙。エストラゴンは、足をふるい、よく風が通るように親指を動かしている）泥棒のうち一人は救われたんだ。（間）こりゃあ、率としちゃ悪くない。

（間）ゴゴ……

エストラゴン　なんだ？

ヴラジーミル　悔い改めることにしたらどうかな？

エストラゴン　何をさ？

ヴラジーミル　そうだな……（捜す）そんな細かいことはどうでもよかろう。

エストラゴン　生まれたことをか？[12]

ヴラジーミルは、気持ちよく笑いだすが、すぐに手を恥骨のあたりに当てて、こわばった顔つきで笑いを噛み殺す。

ヴラジーミル　もう思いきって笑えもしない。

エストラゴン　不能ってやつだな。
ヴラジーミル　せめて微笑か。（彼の顔は最大限の微笑にくずれるが、微笑はこわばってしまい、そのまましばらくつづいて、やがて急に消える）ちがうんだな、これじゃあ。しかしまあ……
（間）ゴゴ……
エストラゴン　（いらいらして）なんだよ。
ヴラジーミル　おまえ、聖書は読んだかね？
エストラゴン　聖書……（考えて）たしかざっと目は通した。
ヴラジーミル　（驚いて）神様抜きの学校でかい？
エストラゴン　抜きだったか付きだったか忘れたな。
ヴラジーミル　刑務所と勘違いしているんだろう。
エストラゴン　そうかもしれん。聖地の地図は覚えている。色刷りで、とてもきれいだった。死海は薄い青さ。見ただけでのどがかわいたぜ。考えたもんだ。新婚旅行はあそこにしよう、泳いで、さぞ幸福だろうってな。
ヴラジーミル　おまえは詩人になりゃよかったんだ。
エストラゴン　詩人だったさ。（ぼろ服を見せ）見ればわかるだろう。

沈黙。

ヴラジーミル　なんだっけと……どうだい、足は?
エストラゴン　ふくれてきた。
ヴラジーミル　ああそうだ。泥棒の話さ。覚えてるかい?
エストラゴン　いいや。
ヴラジーミル　話してやろうか?
エストラゴン　いいよ。
ヴラジーミル　退屈しのぎさ。(間) そいつは二人の泥棒で、救世主といっしょに磔刑《はりつけ》になったんだ。ところが……
エストラゴン　きゅうなんだと?
ヴラジーミル　救世主さ。それから泥棒が二人。ところが一人は救われて、もう一人は……(救われるの反対語を捜し)……地獄行きだ。
エストラゴン　救われたって、何から?
ヴラジーミル　地獄からさ。
エストラゴン　おれはもう行くぜ。(動かない)

ヴラジーミル　ところが、そこでだ……（間）どうしたことか……退屈だと悪いがな。

エストラゴン　聞いちゃいないよ。

ヴラジーミル　どうしたことか、福音を伝えた四人のうち、そういうふうに事実を述べているのはたった一人なんだ。しかし、四人ともその場に居合わせていた――いや、とにかく近くにはね。それでいて、泥棒の一人が救われたと言っているのは、そのうちたった一人だ。（間）おい、ゴゴ、たまには相づちくらい打つもんだ。

エストラゴン　聞いてるよ。

ヴラジーミル　四人のうち一人。あとの三人のうち二人はなんにも言ってない。もう一人は、泥棒が二人とも悪態をついたって言うんだ[13]。

エストラゴン　誰に？

ヴラジーミル　え？

エストラゴン　おれにはちっともわからん……（間）誰に悪態をついたんだ？

ヴラジーミル　救世主にさ。

エストラゴン　なぜよ？

ヴラジーミル　なぜって、泥棒二人を救ってやろうとしなかったからさ。

エストラゴン　地獄からか？

ヴラジーミル　いいや、そうじゃない。死からだよ。
エストラゴン　で、どうした？
ヴラジーミル　で、二人とも地獄行きさ。
エストラゴン　ふん、で？
ヴラジーミル　ところが、一人だけは言っているんだ。一人は救われたって。
エストラゴン　そいじゃあ、両方の意見が違う、それだけのことじゃないか。
ヴラジーミル　四人ともいっしょにいたんだぜ。一人だけが、泥棒一人は救われたと言う。他の三人より、そいつを信じなけりゃならんのはなぜだ？
エストラゴン　信じるって、誰が信じてるんだ？
ヴラジーミル　そりゃあ、誰もかれもさ、その筋書きしか伝わってないんだ。
エストラゴン　世の中のやつはみんなばかさ。

エストラゴンは、つらそうに立ち上がり、びっこをひきひき下手袖に向かって歩きだすが、立ち止まると、片手をかざして、遠くを眺める。やがて、振り向いて、今度は上手袖に向かって歩き、遠くを眺める。ヴラジーミルは、それを目で追ってから靴を拾いに行き、中をのぞき込むが、あわてて放り出す。

ヴラジーミル　プッ！（唾を地面に吐く）

エストラゴンは、舞台中央まで戻って来て、舞台奥を眺める。

エストラゴン　悪くないな。（回れ右をすると、今度は舞台の端まで来て、観客の方を向き）いい眺めだ。[14]（ヴラジーミルの方を振り向いて）さあ、もう行こう。
ヴラジーミル　だめだよ。
エストラゴン　なぜさ？
ヴラジーミル　ゴドーを待つんだ。
エストラゴン　ああそうか。[15]（間）確かにここなんだろうな？
ヴラジーミル　何が？
エストラゴン　待ち合わせさ。
ヴラジーミル　木の前だって言っていたからな。（二人とも木を見る）ほかにあるかい？
エストラゴン　こりゃなんだい？
ヴラジーミル　柳《やなぎ》[16]かな。

エストラゴン　葉っぱはどこだ？
ヴラジーミル　枯れちまったんだろう。
エストラゴン　涙も尽きてか？
ヴラジーミル　でなけりゃ季節のせいだ。
エストラゴン　だが、こいつはどっちかっていったら灌木じゃないか？
ヴラジーミル　喬木だよ。
エストラゴン　灌木だ。
ヴラジーミル　きょう――（語調を改めて）そりゃ、いったい、どういう意味だね？　場所を間違えてるとでも言う気かい？
エストラゴン　もう来ていてもいいはずだからな。
ヴラジーミル　しかし、確かに来ると言ったわけじゃない。
エストラゴン　じゃあ、来なかったら？
ヴラジーミル　あした、もう一度来てみるさ。
エストラゴン　それから、あさってもな。
ヴラジーミル　そりゃあ……そうさ。
エストラゴン　その調子でずっと。

ヴラジーミル　だから、それは……
エストラゴン　やっこさんの来るまで。
ヴラジーミル　おまえ、なにもそう……
エストラゴン　おれたちは、きのうもここへやって来たんだぜ。
ヴラジーミル　いいや、そりゃ違う。
エストラゴン　じゃあ、きのうは何をした？
ヴラジーミル　きのう、何をしたって？
エストラゴン　そうさ。
ヴラジーミル　そりゃあ……（怒って）おまえは、人に疑いを起こさせるのだけは一人前だよ。
エストラゴン　おれたちはここにいたんだ。おれは、そう思っている。
ヴラジーミル　（視線をめぐらして）場所に見おぼえがあるのかい？
エストラゴン　そうは言わない。
ヴラジーミル　じゃあ、なんだ？
エストラゴン　言わないけれどだ。
ヴラジーミル　しかし……この木……（客席の方を向いて）……この、泥んこは[17]……
エストラゴン　確かに今晩なのかい？

ヴラジーミル　何が？
エストラゴン　待ち合わせさ、え？
ヴラジーミル　土曜って言った。（間）と思う。
エストラゴン　仕事のあとでか。[18]
ヴラジーミル　書きつけといたはずだ。（いろいろなくずで超満員のあちこちのポケットを探る）
エストラゴン　いったい、どの土曜なんだ。それに、きょうは土曜かね？　むしろ、日曜じゃないかな？
ヴラジーミル　いや、月曜か？　それとも、金曜？
ヴラジーミル　（気も転倒して、まるで、あたりの景色に曜日が書きこんであるかのように、自分のまわりを眺める）そんなはずはない。
エストラゴン　それとも、木曜。
ヴラジーミル　どうしよう？
エストラゴン　もしきのう、むだ足をさせてしまっていたら、きょうは来ないってことさ。
ヴラジーミル　だって、おまえは、ゆうべわたしたちが来ていたって言ったじゃないか。
エストラゴン　おれだって思い違いってこともある。（間）ちょっと黙ろうや、ええ？
ヴラジーミル　（力なく）よかろう。（エストラゴンは、再び地面に坐る。ヴラジーミルは、いらいらしながら、舞台を行ったり来たりする。ときどき立ち止まって、地平線を探る。エストラゴンは、居眠りし始める。ヴラジーミルは、エストラゴンの前に来て立ち止まる）ゴゴ……（沈黙）ゴゴ……（沈黙）**ゴゴ！**

エストラゴンは、びっくりして眼をさます。

エストラゴン　（自分の状況の恐しさに戻されて）眠ってた。（非難して）どうして眠らしといてくれないんだ、いつも？
ヴラジーミル　寂しくなったんだ。
エストラゴン　夢を見たよ。
ヴラジーミル　よしてくれ、夢の話は！
エストラゴン　その夢というのが……
ヴラジーミル　**よしてくれと言ってるじゃないか！**
エストラゴン　（この宇宙を指して）この夢だけでじゅうぶんだって言うのか？[19]（沈黙）ディディ、おまえも少しひどいなあ、おれが自分の見た内緒のいやな夢を、おまえに打ち明けないで、誰に話せるんだ？
ヴラジーミル　内緒なら話さないほうがいいだろ。わたしががまんできないってことは、承知しているはずだろう。
エストラゴン　（冷たく）ときにはおれも考えるね、おれたちは別れたほうがいいんじゃないかって。
ヴラジーミル　別れたら、おまえ、先は見えてるよ。
エストラゴン　なるほど、確かにそこがうまくいかないところだ。（間）そうだろ、ディディ？
全く、うまくないところだろう？（間）行く手は美しく。（間）旅人は善良だというのに。（間。
ねこなで声で）ねえ、そうだろう、ディディ？
ヴラジーミル　静かにしろ。
エストラゴン　（快楽的に）静かに……静かに……（うっとりする）イギリス人はしずあああにと
言うぜ。（間）あの連中はみんなしずあああだ。[20] イギリス人が淫売屋へ行った話、知ってるか？
ヴラジーミル　ああ。
エストラゴン　話してくれよ。
ヴラジーミル　たくさんだ。
エストラゴン　イギリス人が一人、酔っぱらって、淫売屋へ出かけた。おかみが、金髪がいいか、
栗色がいいか、それとも赤毛かと聞いた。続けろよ。[21]
ヴラジーミル　**たくさんだ！**

ヴラジーミルは、出て行く。エストラゴンは、立ち上がり、舞台の袖までついて行く。そこで、拳闘を見ている客が思わず力をこめるのにも似た身ぶり。[22] ヴラジーミルが帰ってくる。エストラゴンの前を通り、目を伏せたまま、舞台を横切る。エストラゴンは、その方へ二、三歩行きかけて、立ち止まる。

エストラゴン　（やさしく）なにか言いかけてたんだろ？（ヴラジーミルは、答えない。エストラゴン、一歩前へ出て）なにか言いたいことがあったんだろ？（沈黙。さらに一歩出て）おい、ディディ……

ヴラジーミル　（向こうをむいたまま）なんにも言うことたあないよ。

エストラゴン　（一歩進んで）怒ったのかい？（沈黙。一歩前進）ごめんよ！（沈黙。一歩前進。ヴラジーミルの肩に手をかけて）どうしたんだ、ディディ。（沈黙）手を出せよ！（ヴラジーミル、振り返る）さあ、抱いてくれ！（ヴラジーミル、からだをこわばらす）いいじゃないか！（ヴラジーミル、気が折れて、二人は抱き合う。エストラゴン、身をひいて）おまえ、葱《ねぎ》くさいぞ！

ヴラジーミル　腎臓の薬さ。（沈黙。エストラゴンは、しげしげと木を眺める）さて、どうしよう？

エストラゴン　待つのさ。

ヴラジーミル　うん、だが、そのあいだだよ。
エストラゴン　首をつってみようか？
ヴラジーミル　ぴんと立つにゃいいかもしれん。
エストラゴン　（おもしろがって）ぴんと立つのかい？
ヴラジーミル　それだけじゃないけどな。なにが落ちた所には、マンドラゴラ[23]がはえるんだ。むしると叫び声を立てるのは、そのせいだ。おまえ、知らなかったのかい？
エストラゴン　すぐつろうじゃないか、ひとつ。
ヴラジーミル　その枝にかい？（二人は木に近づき、それを眺める）少々、心細いね、これは。
エストラゴン　とにかくやってみるさ。
ヴラジーミル　やってごらん。
エストラゴン　おれはあとからでいい。
ヴラジーミル　そりゃだめだよ。おまえが先だ。
エストラゴン　なぜ？
ヴラジーミル　おまえは、わたしより軽いだろう。[24]
エストラゴン　だからさ。
ヴラジーミル　わからんな。

エストラゴン　まあ、ちょっと、考えてごらん、そうだろう。

ヴラジーミルは考える。

ヴラジーミル　(結局) わからない。
エストラゴン　よし、説明してやろう。(考える) 枝は……枝は……(怒って) 少しはわかろうとしてみたらどうだ！
ヴラジーミル　頼みの綱はおまえだけさ。
エストラゴン　(骨折って) ゴゴ、軽い――枝、折れない――ゴゴ、死ぬ。ディディ、重い――枝、折れる――ディディ、ひとりぼっち。(間) ところがだ……(うまい言い回しを捜す)
ヴラジーミル　そいつは考えなかった。
エストラゴン　(言い回しを見つけて) 大は小を兼ねる。
ヴラジーミル　だがね、わたしのほうがおまえより重いかな？
エストラゴン　そう言ったのは、おまえじゃないか。おれは知らない。とにかく、どっちかがもう片方より重いには違いない。たぶんそうだ。
ヴラジーミル　じゃあ、どうしよう？

エストラゴン　どうもしないことにするさ。そのほうが確かだ。
ヴラジーミル　なんていうか聞いてからにするか。
エストラゴン　誰に？
ヴラジーミル　ゴドーさ。
エストラゴン　ああ、そうか。
ヴラジーミル　はっきりするまで、待とう。
エストラゴン　しかし、一方、鉄は凍らないうちに打ったほうがいいかもしれないぞ。
ヴラジーミル　やっこさんがなんて言うか、ちょいとおもしろい。聞くだけなら、こっちは、どうってこともないからな。
エストラゴン　つまるところ、何を頼んだんだい？
ヴラジーミル　おまえ、あの時、いたじゃないか。
エストラゴン　気をつけていなかった。
ヴラジーミル　ふん、つまり……別に、はっきりしたことじゃない。
エストラゴン　まあ一つの希望とでもいった。
ヴラジーミル　そうだ。
エストラゴン　漠然とした嘆願のような。

ヴラジーミル　そうも言える。

エストラゴン　で、むこうは、なんて返事したんだい？

ヴラジーミル　考えてみようと。

エストラゴン　今はなにも約束はできないが、[25]

ヴラジーミル　いずれよく、

エストラゴン　熟慮のうえで、

ヴラジーミル　家族とも相談し、

エストラゴン　友達とも、

ヴラジーミル　支配人とも、

エストラゴン　取引先とも、

ヴラジーミル　会計とも、

エストラゴン　銀行預金とも、

ヴラジーミル　そのうえで返事する。

エストラゴン　むりもない。

ヴラジーミル　そうだろう？

エストラゴン　そうだね。

ヴラジーミル　そうさ。

休憩。

エストラゴン　（不安げに）だがおれたちは？
ヴラジーミル　えっ？
エストラゴン　だがおれたちはって言っているんだ。
ヴラジーミル　なんだい？
エストラゴン　そこで、おれたちの役割はどうなるんだ？
ヴラジーミル　おれたちの役割？
エストラゴン　ゆっくり考えてごらん。
ヴラジーミル　おれたちの役割は、泣きつくことさ。
エストラゴン　そこまで落ちぶれたのかい？
ヴラジーミル　閣下には特権を主張するとおおせですか？
エストラゴン　もう、その権利もないというのかい？

ヴラジーミル、笑うが、前の笑いと同様すぐやめる。同じしぐさ、ただし、微笑はしない。

ヴラジーミル　笑わせるねえ、笑えるものなら。
エストラゴン　なくしちまったのか、その権利は？
ヴラジーミル　（はっきりと）安売りしちまったんだよ。

沈黙。二人とも両腕をだらりと下げて、頭を胸にうずめ、膝を折ったまま、身じろぎもしない。

エストラゴン　（弱々しく）縛られてるわけじゃないだろ？（間）ええ？
ヴラジーミル　（片手を上げて）静かに！

二人は耳をすます。からだはこわばってグロテスク。

エストラゴン　おれにはなんにも聞こえない。

ヴラジーミル　しっ！（二人は、耳をすます。エストラゴンは、重心を失って、倒れかける。ヴラジーミルの腕につかまるので、ヴラジーミルもよろめく。二人は、つかまり合って、目を見合わせたまま、耳をすましつづける）わたしにも聞こえない。（安堵のため息。気がゆるむ。二人は離れる）

エストラゴン　おどかすなよ。

ヴラジーミル　あの人だと思ったものだから。

エストラゴン　誰だい？

ヴラジーミル　ゴドーさ。

エストラゴン　ふん！　風にざわめく葦《あし》の音か。[26]

ヴラジーミル　確かに叫び声だと思ったんだが。

エストラゴン　だけど、やっこさんが叫ぶってのはなぜだい？

ヴラジーミル　馬を追ってればね。

沈黙。

エストラゴン　もう、行こう。

ヴラジーミル　どこへ？（間）もしかすれば、今晩は、あの人のうちで寝られるかもしれない。暖かい、乾いた所で、腹をいっぱいにして、藁の上で。待つだけのことはある、違うか？
エストラゴン　ひと晩じゅう待つことはないよ。
ヴラジーミル　まだ明るいじゃないか。

沈黙。

エストラゴン　腹がへった。
ヴラジーミル　人参《にんじん》をやろうか？
エストラゴン　ほかのものはないのかい？
ヴラジーミル　大根《だいこん》が少しあったかな。
エストラゴン　人参のほうがいい。（ヴラジーミルは、ポケットを探って大根を引き出し、エストラゴンに渡す）ありがとう。（かじりつくが、不平らしく）これは大根じゃないか！
ヴラジーミル　おや、ごめん！　てっきり人参だと思った。（再びポケットを探るが、大根しか見つからない）こりゃあ、みんな大根だ。（捜しつづける）このあいだおまえが食べたのでおしまいだったんだよ、きっと。（捜す）まてまて、あった。（やっと人参を取り出し、エストラゴンにやる）さあ、どうぞ。（エストラゴンは、それを袖でふくと、食べ始める）大根は返しなよ。（エストラゴン、返す）大事に食べなよ、もう、それっきりだぜ。
エストラゴン　（噛みながら）おまえにものを聞いていたろ。
ヴラジーミル　へえ。
エストラゴン　返事をしてくれたかい？
ヴラジーミル　どうだ、うまいか、その人参？
エストラゴン　ああ、甘いな。
ヴラジーミル　結構、結構。（間）何が知りたいんだ？
エストラゴン　なんだっけな。（噛む）これだからいやんなる。（人参をうまそうに眺める。指の先で宙に回して）実にうまい、おまえの人参は。（しっぽを瞑想的にしゃぶる）ちょっと待った。思い出しそうだ。（ひと口かじる）
ヴラジーミル　で？
エストラゴン　（口いっぱいにほおばったまま、うわのそらで）縛られているわけじゃないんだろう？
ヴラジーミル　わからんね、さっぱり。
エストラゴン　縛られてるのかって聞いてるんだ。

ヴラジーミル　縛られてる？
エストラゴン　縛られてる。
ヴラジーミル　縛られてるって、どう？
エストラゴン　手足をさ。
ヴラジーミル　誰が？　誰に？
エストラゴン　おまえのやっこさんにさ。
ヴラジーミル　ゴドーに？　ゴドーに縛られてる？　そんなばかな！　冗談じゃないよ！（間）とにかく、今のところは。
エストラゴン　ゴドーっていうのか？
ヴラジーミル　そうらしい。
エストラゴン　おや！（人参の残りを、枯れた茎《くき》のつけ根でつまんで、自分の目の前で回す）ふしぎだね、食べれば食べるほど、味が落ちる。
ヴラジーミル　わたしは、反対だ。
エストラゴン　というと？
ヴラジーミル　だんだん味に慣れてくる。
エストラゴン　（長いあいだ考えてから）それを、反対っていうかな。

ヴラジーミル　気質の違いだ。
エストラゴン　性格の問題さ。
ヴラジーミル　どうしようもない。
エストラゴン　じたばたしてもむだだ。
ヴラジーミル　人間、変われるもんじゃない。
エストラゴン　苦しんじゃ損だ。
ヴラジーミル　しんは結局同じだから。
エストラゴン　どうしようもない。（人参の残りを、ヴラジーミルに差し出して）あと、食べるかい？

恐ろしい叫び声がひびきわたる、すぐ近くで。エストラゴンは、人参を落としてしまう。二人とも一瞬ぎくっとして硬直するが、舞台袖へ逃げ込もうとする。途中でエストラゴンは立ち止まると、引き返し、人参を拾い、ポケットに押し込んで、待ちかねているヴラジーミルのところへ飛んで行く。だが、また立ち止まり、とって返して、片方の靴を拾い上げ、ヴラジーミルのところへ走り寄る。二人は抱き合って、頭を相手の肩にうずめ、脅威に背を向けて、待つ。

ポッツォとラッキーが出て来る。ラッキーが、首にかけた綱[27]でポッツォを導いて来るので、最初見えるのは、綱を引っぱったラッキーだけで、それが舞台のほぼ中央に来たとき、やっとポッツォが舞台袖から姿を現わす。ラッキーは、重いトランクと、折りたたみ椅子と、弁当用バスケットを持ち、腕に外套をかけている。ポッツォは、鞭を持っている。

ポッツォ　（舞台袖で）もっと速く！（鞭の音。ポッツォ、現われる。二人は舞台を横切って行く。ラッキーは、ヴラジーミルとエストラゴンの前を通りすぎて、舞台袖へはいる。だが、ポッツォは、二人を見つけると、立ち止まる。綱がピンと張る。それをポッツォは荒々しく引く）後退！（なにかが落ちた音。ラッキーが、その大荷物もろとも倒れたのである。ヴラジーミルとエストラゴンは、助けに行きたい気持ちと、自分に関係のないことに首をつっこむのがこわいのとで、ただラッキーを眺める。ヴラジーミルが一歩ラッキーの方へ行きかける。エストラゴンが袖を引っ張って止める）

ヴラジーミル　放せよ！

エストラゴン　静かにしてな。

ポッツォ　気をつけなさい！　獰猛だからね。（ヴラジーミルとエストラゴンは、ポッツォを見る）

知らん人には。
エストラゴン　（低く）この人か？
ヴラジーミル　誰が？
エストラゴン　ほら……
ヴラジーミル　ゴドーか？
エストラゴン　そうさ。
ポッツォ　わしはポッツォだ。
ヴラジーミル　違う違う。
エストラゴン　ゴドーって言ったぜ。
ヴラジーミル　違うったら。
エストラゴン　（ポッツォに）あなたは、ゴドーさんじゃありませんか？
ポッツォ　（恐ろしい声で）ポッツォだ。（沈黙）この名を聞いたらなにか思い出さんかね？（沈黙）なにか思い出さんかと聞いとるんだ。

ヴラジーミルとエストラゴンは、互いに目で尋ね合う。

エストラゴン　（思い出そうとしているふりをして）ポッツォ……ポッツォ……
ヴラジーミル　（同様に）ポッツォ……
ポッツォ　ポォオオツオオオ……
エストラゴン　ああ、ポッツォ……ええと……ポッツォ……
ヴラジーミル　え、ポッツォかい、ポッツォかい？
エストラゴン　ポッツォ……と、いや思い出さない。
ヴラジーミル　（妥協的に）ゴッツォって家なら知っているんですが。母親が丸枠の刺繍をしてましてね。[28]

ポッツォ、威嚇するように近づく。

エストラゴン　（勢いよく）実は、わたしたち、ここのものではないんで。
ポッツォ　（立ち止まり）しかし、あんたがたは、たしかに人間だろう。（眼鏡をかける）こう見たところ。（眼鏡をとって）わしと同じ種族だ。（爆笑する）ポッツォと同種族か！　神の子孫だな！[29]
ヴラジーミル　それはその……

ポッツォ　（鋭く）ゴドーってのは誰かね？
エストラゴン　ゴドー？
ポッツォ　わしをゴドーと間違えただろう。
ヴラジーミル　いいえ、どういたしまして、そんなことはけっして。
ポッツォ　誰だね？
ヴラジーミル　はあ、それが……ちょっとした知り合いで。
エストラゴン　そりゃ違う。そうじゃないか、知ってるってほどじゃない。
ヴラジーミル　そりゃそうだ……知り合いなんてものじゃない……しかし、だからといって……
エストラゴン　おれは、会ったってわからないくらいだ。
ポッツォ　わしと間違えたじゃないか。
エストラゴン　それが実は……薄暗がりで……疲れて……すっかり弱って……待ちかねていて
……実のところ……そうかと……一時は……
ヴラジーミル　お聞きになっちゃいけない、こいつの言うことなんか、お聞きにならないで……
ポッツォ　待ちかねて？　すると、あんたがた、その人を待っとったんだね？
ヴラジーミル　それがその……
ポッツォ　ここで？　わしの土地で？

ヴラジーミル　けっして悪気では。
エストラゴン　むしろ善意で。
ポッツォ　道路は皆の物だ。
ヴラジーミル　わたしどももそう話し合って。
ポッツォ　実に恥ずかしい話だ。が、そういうことになってしまっている。
エストラゴン　どうもしかたがありません。
ポッツォ　（おおらかな身ぶりで）その話はやめるとしようか。（綱を引く）起きろ！（間）転ぶたびに居寝りをしとる。（綱を引く）立つんだ、性悪《しようわる》！（ラッキーが起き上がって、荷物を拾う音。ポッツォ、綱を引く）後退！（ラッキー、後ろ向きに出て来る）止まれ！（ラッキー、止まる）回れ右！（ラッキー、回る。ヴラジーミルとエストラゴンに、愛想よく）お二人とも、お目にかかれて実にうれしい。（信じかねるという二人の表情を見て）そうですとも、しんからうれしい。（綱を引く）もっと近くだ！（ラッキー、近寄る）止まれ！（ラッキー、止まる。ヴラジーミルとエストラゴンに）なにしろ、こうして一人で歩いていると道が長いものですからな。それも、もう……（時計を眺めて）……もう……（計算して）……六時間、そう、たしかに六時間だ。わき目もふらずに、人っ子ひとり出会わんで。（ラッキーに）外套！（ラッキーは、トランクを置き、近寄って、外套を渡し、さがって、またトランクを持つ）これを持つ！（ポッツォはラッキーに鞭をつきつける。ラッキーは近寄るが、両手がふさがっているので、かがむと、鞭を歯ではさみ、さがる。ポッツオは外套を着かけるが、やめて）外套！（ラッキーは荷物をすっかり置くと、近寄って、ポッツォが外套を着るのを助け、さがり、また荷物を持つ）底冷えのする陽気だ。（ボタンをかけ終わると、身をかがめ、自分のからだを検査し、身を起こす）鞭！（ラッキー、近寄って、身をかがめる。ポッツォはその口から鞭をひったくる。ラッキー、さがる）ごらんのとおり、わしは、長いこと同胞と交際せずにはおられんほうでね。（二人の同胞を眺め）たとい、それほどわしに似ておらん同胞でもだ。（ラッキーに）腰掛け！（ラッキーはトランクとバスケットを置くと、近寄って折りたたみの椅子を広げ、地面に置いて、退き、再びトランクとバスケットを取り上げる。ポッツォは、椅子を見て）もっと近く！（ラッキーはトランクとバスケットを置き、近寄って椅子を動かし、退いて、トランクとバスケットを持つ。ポッツォは坐って、鞭の柄の先をラッキーの胸に当てがい、押して）後退！（ラッキー、後ろへさがる）もっとだ！（ラッキー、もっとさがる）止まれ！（ラッキー、止まる。ポッツォ、ヴラジーミルとエストラゴンに向かい）そこで、御迷惑でなければ、出かける前に、しばらく、御一緒させてもらおう。（ラッキーに）バスケット！（ラッキー、前へ出て、バスケットを渡し、さがる）ひろびろとした外の空気を吸うと、腹がすく。（バスケットを開き、鶏肉の塊と、パンを一つ、それに葡萄酒を一本、引き出す。ラッキーに）バスケット！（ラッキー、近づき、バスケットを取って、さがり、じっとしている）もっと遠く！（ラッキー、さらに退く）そこだ！（ラッキー、止まる）くさいんでね、こいつは。（ラッパ飲みにぐっと一つひっかけると）さて、われわれの健康を祝して。（びんを置き、食べ始める）

沈黙。エストラゴンとヴラジーミルは、だんだん大胆になり、ラッキーのまわりを回り始める。そして、いたる所から、観察する。ポッツォは貪欲に肉をかじり、骨までしゃぶってから、捨てる。ラッキーは、トランクが地面に触れるところまで、ゆっくりとからだを曲げるが、急にまたからだを伸ばす。立ったまま眠っている人間のリズムである。

エストラゴン　どうしたんだろう？
ヴラジーミル　疲れきった様子だ。
エストラゴン　なんだって荷物を置かないのかな？
ヴラジーミル　わたしに聞いたってわからないよ。（二人は、ラッキーをさらに近くからはさむ）気をつけなよ！
エストラゴン　話しかけてみようか。

ヴラジーミル　見てみろ！
エストラゴン　なんだ！
ヴラジーミル　（指さしながら）首だ。
エストラゴン　（首を見て）なんにも見えないぜ。
ヴラジーミル　ここへ来てごらん。

エストラゴン、ヴラジーミルの場所へ来る。

エストラゴン　ほんとだ。
ヴラジーミル　すりむけてる。
エストラゴン　綱だね。
ヴラジーミル　あんまりこすったからだ。
エストラゴン　むりもない。
ヴラジーミル　結び目だからな。
エストラゴン　どうしようもないね。

二人はまた観察を始める。顔のところで止まる。

ヴラジーミル　いい男じゃないか、なかなか。

エストラゴン　(両肩をすくめて、しかめっつらをしながら)そうかな？

ヴラジーミル　ちょっと女性的かな。

エストラゴン　よだれを流している。

ヴラジーミル　むりもないさ。

エストラゴン　泡も吹いている。

ヴラジーミル　低能かな、少し。

エストラゴン　白痴だよ。

ヴラジーミル　(顔を突き出しながら)まるでバセドー氏病だ。

エストラゴン　(同じく顔を突き出し)そいつはどうかな。

ヴラジーミル　息を切らせている。

エストラゴン　そりゃあ、あたりまえだ。

ヴラジーミル　それから、この目！

エストラゴン　どうかしてるかい？

ヴラジーミル　飛び出してるよ。
エストラゴン　おれには、いまにも、つぶれかかってるように見える。
ヴラジーミル　どうだかわからん（間）なんか聞いてみろよ。
エストラゴン　大丈夫かな？
ヴラジーミル　どうってこともないさ。
エストラゴン　（びくびくと）あの、もし……
ヴラジーミル　もっとはっきり。
エストラゴン　（もっとはっきり）もし、もし……
ポッツォ　ほっといてやんなさい、そいつは。（二人はポッツォの方を振り向く。ポッツォは食べ終わって、手の甲で口をふいている）休みたがっているのがわからんかね？（パイプを出し、たばこを詰め始める。エストラゴンは、地面の鶏の骨を見つけて、むさぼるように見つめる。ポッツォは、マッチをすって、パイプに火をつけ始める）バスケット！（ラッキーは動かない。ポッツォは怒って、マッチを地面に叩きつけると、綱を引く）バスケット！（ラッキーは転びかかって、気がつき、近寄ると、びんをバスケットの中へ入れ、自分の場所へ戻って、再び元の様子に戻る。エストラゴンは骨を見つめたまま。ポッツォは第二のマッチをすって、パイプに火をつける）しかたがない。こいつの仕事じゃないんだから。（ひと息吹くと、両足を伸ばす）どうやら元気が出てきた。
エストラゴン　（内気そうに）あの……
ポッツォ　なんだね？
エストラゴン　あのー……その、召し上がりませんか……その……もういらんですか……その骨……ですが？
ヴラジーミル　（気にさわって）少し待てないのかい？
ポッツォ　いやいや、あたりまえだ。骨がいるかって？（鞭の先で骨を動かし）いや、わしには別にもう必要ない。（エストラゴン、骨の方へ一歩出る）しかし……（エストラゴン、立ち止まる）しかし、原則として、骨は荷物持ちのものになることになっている。だから、あいつに聞いてもらわんと。（エストラゴン、ラッキーの方を振り向くが、ためらう）さあ聞きなさい、聞きなさい。なにもこわがることはない。なんとか返事するだろう。

エストラゴンは、ラッキーの方へ行って、その前に立ち止まる。

エストラゴン　もしもし、あの……

ラッキーは反応を示さない。ポッツォが鞭を鳴らす。ラッキー、頭を起こす。

ポッツォ　人が話しかけているんだ、豚！　返事しろ。（エストラゴンに）さあどうぞ。

エストラゴン　あの、あなたは、あの骨、召し上がりますか？

ラッキー、長いことエストラゴンを見つめる。

ポッツォ　（有頂点になって）あなた！（ラッキー、頭を下げる）返事しろ！　いるのかいらないのか？（ラッキー、沈黙。エストラゴンに）骨はあんたのものだ。（エストラゴン、骨に飛びつき、拾うが早いか、かじりだす）それにしてもふしぎだ。骨を断わったのは、これが最初だ。（心配そうにラッキーを眺め）まさか、病気になったりするつもりじゃないだろうな。

（パイプを盛んに吸う）

ヴラジーミル　（爆発して）恥知らずにもほどがある！

沈黙。エストラゴンは、あっけにとられて、かじるのをやめ、ヴラジーミルとポッツォをかわるがわる眺める。ポッツォは至極静かだ。ヴラジーミルは、だんだん気まずくなる。

ポッツォ　（ヴラジーミルに）なにか、特におっしゃりたいことがあるのかな？

ヴラジーミル　（決心して、だがもぐもぐと）仮にも人間を（ラッキーを身ぶりで示して）こんな扱い方をするなんて……わたしは、とても……人間をだ……全く、恥も情けもありゃしない！

エストラゴン　（放って置かれたくないので）人権じゅうりんだ！（またかじり始める）

ポッツォ　これはなかなか手きびしい。（ヴラジーミルに）失礼だが、おいくつかな？（沈黙）六十？……七十？……（エストラゴンに）いくつかな、この人は？

エストラゴン　本人に聞けばいいでしょう。[30]

ポッツォ　いや、これは失礼だった。（鞭の柄でパイプをはたいて、立ち上がる）そろそろお別れしよう。おつき合いしていただいてありがたかった。（考えて）それとも、御一緒にもう一服やるかな。どうかね、あんたがたは？（二人は無視する）いやあ、わしも、たいしてやるわけじゃない。ごく少量だ。パイプでつづけざまに二度もやるなんてことは、わしの習慣には全くない。だいいち（手を胸に持っていって）心臓によくない。（間）ニコチンだからね。ずいぶん気をつけとるんだが、どうしても多少は飲み込んでしまう。（ため息をつく）やむをえんね、これは。（沈黙）だがあんたがたは、たばこはやらんのかもしれんな。やるのかね？　やらない？　まあ、それはどっちでもいいことだ。（沈黙）ところでと、わしはこうして立ち上がってしまったが、うまく坐るにはどうしたものかな？　いかにも自然に――その、なんだ――崩れ落ちるという感じでなく……（ヴラジーミルに）えっ？　なんだって？（沈黙）なんにも言わなかった？（沈黙）いや、よろしい。ええと……（考える）

エストラゴン　ああ、うまかった。（骨を捨てる）[31]

ヴラジーミル　おい、行こう。

エストラゴン　もうかい？

ポッツォ　しばらく！（綱を引く）腰掛け！（鞭で示す。ラッキー、椅子を動かす）もっと！そこだ！（ポッツォ、再び坐る。ラッキー、さがって、トランクとバスケットを持つ）これで、また落ち着けた！（パイプにたばこを詰め始める）

ヴラジーミル　行こうよ。

ポッツォ　わしは、あんたがたを追い立てているつもりはないが。もうしばらくここにいなさい、損にはならない。

エストラゴン　（施しものを予感して）どうせ暇ですから。

ポッツォ　（パイプに火をつけ終わって）二度目はそれほどうまくない。（パイプを口から離して、つくづく眺め）最初のよりという意味だが。（くわえて）だが、まずくもない。

ヴラジーミル　わたしは行くよ。

ポッツォ　この人はわしのいるのががまんできないらしい。確かに、わしはあまり、人間的でないかもしれん。だが、それが理由になるかね。(ヴラジーミルに) よく考えたほうがいい、軽はずみなまねをする前に。あんたがいま行ってしまったとしよう。まだ日中だというのに、そうでしょうが、とにかく日中は日中だ。(二人とも空を見上げる) よしと。そこで、どうなる——(パイプを口から離して、眺める) ——消えた——(再び火をつけにかかる) ——そこで……そこで……どうなるかね……あんたのその約束、その……ゴデーとか……ゴドー……ゴダン……(沈黙) ……とにかく、おわかりだね、わしの言わんとするところは。あんたの未来がかかっているその人だ。(沈黙) ……というより、その、ごく近い将来がね、あんたがたの。

エストラゴン　この人の言うとおりだ。

ヴラジーミル　よくおわかりですな、そんなことが。

ポッツォ　ああ、とうとうまた言葉をかけてくれたね。そのうちにごく親しくなれるかもしれん、われわれ二人は。

エストラゴン　なぜ、あの人は荷物を置かないんです？

ポッツォ　わしもまた、その人に会えればうれしいと思っとる。いろいろな人に会えるというのは、実に幸福だ。ごくつまらん人間でも、なにか教えられる。それだけ心が豊かになる。自分の幸福をよりよく味わえるわけだ。あんたがたも、（ポッツォは、自分の話しているのが両方であることをよく知らせるために、二人をつぎつぎに注意深く見つめ）あんたがたでさえ、わしになにかを与えてくれたのかもしれん。

エストラゴン　なぜ、あの人は荷物を置かないんです？

ポッツォ　しかし、まさか、そんなこともなかろう。

ヴラジーミル　ものを聞いているんですがね。

ポッツォ　（すっかり喜んで）聞く？　誰が？　何を？　（沈黙）たったいまあんたがたは、わたしに話をするのに震えあがって[32]いた。ところが今度は、ものまで聞こうとする。いまに、何をされるかわからんね。

ヴラジーミル　（エストラゴンに）おまえの言うこと、聞く気らしい。

エストラゴン　（またラッキーのまわりを回り始めていて）えっ？

ヴラジーミル　聞いていいってことさ、用意はできた。

エストラゴン　聞くって、何を？

ヴラジーミル　なぜ荷物を置かないか。

エストラゴン　うん、全くふしぎだ。

ヴラジーミル　だから、聞いてみなって言ってるんだ。
ポッツォ　（このやりとりを、ついには質問が宙に浮いたままに終わるのではないかと心配して、注意深くたどっていたが）あんたがたは、なぜ、あれが荷物を置かないかを聞きたい、そうだな？
ヴラジーミル　それです。
ポッツォ　（エストラゴンに）間違いないね、あんたも？
エストラゴン　（ラッキーのまわりを回り続けながら）海豹《あざらし》みたいな息だ。
ポッツォ　お答えしよう。（エストラゴンに）静かにしてくれんかね、いらいらしてくる。
ヴラジーミル　ここへ来いよ。
エストラゴン　なんだい、いったい？
ヴラジーミル　話が始まる。

二人は、からだを支え合って、身じろぎもせずに待つ。

ポッツォ　結構。全員揃ったかね。みな、わしを見とるね。（ラッキーを見て、綱を引く。ラッキー、頭を上げる）わしを見るんだ、豚！（ラッキー、ポッツォを見る）結構。（パイプをポケットにおさめ、小さな吸入器を取り出し、のどを湿《しめ》らせ、それをしまってからのどを鳴らし、痰を吐き、再び吸入器を取り出し、のどを湿らせ、またしまう）これでよしと。みんな聞いとるね。（ラッキーを眺め、綱を引く）前進！（ラッキー、止まる）用意はいいかな？（ポッツォは、三人を見まわし、最後にラッキーに目をとめると、綱を引く）なんだ、おい！（ラッキー、頭を上げる）空《くう》に話すのはいやだからな。よろしい。さてと……（考える）

エストラゴン　おれはもう行く。

ポッツォ　つまり、どういうことだったかな、あんたがたの聞いたのは？

ヴラジーミル　なぜあの人が――

ポッツォ　（怒って）話のじゃまだ！（間。やや静まって）みんなが一度にしゃべったら、どうにもならん。（間）何を言っとったのかな？（間。強く）何を言っとったのかね？

ヴラジーミルは、重い荷物を持った人のまねをする。

ポッツォは、それを眺めるがわからない。

エストラゴン　（力をこめて）荷物！（ラッキーを指さして）なぜです？　しょっちゅう持ってる。

（息を切らせて、からだをかがめている人のまねをする）けっして置かない。（両手を開くと、ほっとしたようにからだを起こし）なぜです？

ポッツォ　わかった。早くそう言えばよいのに。なぜ、あれがからだを楽にせんか。ひとつはっきりさせよう。そうする権利がない？　そんなことはない。したがって、そうしないのは、したがらないからだ。全く論理的だ。では、なぜ、そうしたがらないか？（間）諸君、それをこれから申しあげよう。

エストラゴン　待ってました！

ポッツォ　それは、わしの同情をひくためである。わしに追い出されないためである。

エストラゴン　なんですって？

ポッツォ　申しあげ方が悪かったかもしれん。すなわち、わしが彼と別れるという気を起こし得ないように、わしの哀れみの情をそそっているのである。いや、そう言ってしまっても少々違う。

ヴラジーミル　すると、あんたは、厄介払いをしたいと思っている？

ポッツォ　わしをうまくまるめこむつもりだ。しかし、そうはいかない。

ヴラジーミル　厄介払いするつもりなんですね、あんたは？

ポッツォ　あいつは、よい荷物持ちだというところを見せれば、それで、わしが将来もその役目を続けさせるだろうと考えている。

エストラゴン　しかし、あんたのほうは、もういやになったんですね？

ポッツォ　だが実際には、あいつの荷物の持ち方は豚なみだ。商売違いだからな。

ヴラジーミル　だから厄介払いするつもりなんですね？

ポッツォ　疲れを知らないというところを見せつければ、わしがきりをつけたあとで後悔するだろうと考えている。そいつがあいつの哀れな計算さ。まるでわしが労働者[33]に不足しているとでもいうようだ。（三人とも、ラッキーを眺める）そこでジュピターの子[34]、地球を背負うアトラスを気どる！（沈黙）というわけだ。質問にはお答えしたつもりだが。ほかにまだあるかね？（吸入器のしぐさ。）

ヴラジーミル　厄介払いするつもりなんですね？

ポッツォ　考えてみれば、どんなめぐり合わせで、わしがあいつの立場に、あいつがわしの立場に立たなかったもんでもない。なにごとも運命でな。

ヴラジーミル　やばらすつもりなんですね[35]？

ポッツォ　なんだって？

ヴラジーミル　厄介払いするつもりなんですね？

ポッツォ　そのとおり。だが、そうするのは簡単なんだが、追い出す代わりに、すなわち、尻に足蹴《あしげ》[36]をくらわしてお払い箱にするその代わりに、こうして連れて行く、サン・ソヴールの市場までだ。これがわしの善意さ。そこで、なんとか、うまく売り払いたいと思っとる。ほんとうをいえば、こんな生き物を追い出すなんてことは、不可能だ。為を思ったら、殺すよりしかたがない。

ラッキー、泣き出す。

エストラゴン　泣きだした。

ポッツォ　おいぼれ犬だって、もう少し誇りを持っとるだろうに。（自分のハンカチを、エストラゴンに差し出し）かわいそうだと思ったら、慰めてやんなさい。（エストラゴン、ためらう）さあ。（エストラゴン、ハンカチを取る）目をふいてやんなさい。いくぶんか、かまってもらえたと思うだろう。

エストラゴン、相変わらずためらっている。

ヴラジーミル　よこしな、わたしがやってやろう。

エストラゴン、ハンカチを渡したがらないで、子供のようにいやいやをする。

ポッツォ　今のうちですぞ。じき、泣きやんでしまうからな。（エストラゴン、ラッキーに近づき、目をふく身構えをする。ラッキー、いきなり、その脛《すね》に乱暴な足蹴を加える。エストラゴン、ハンカチを落とし、後ろへ飛びのいて、びっこをひきひき、痛みにうめいて、舞台を一周する）ハンカチ！（ラッキー、トランクとバスケットを置き、ハンカチを拾って、近寄り、ポッツォに渡すと、退いて、トランクとバスケットを持つ）

エストラゴン　ちくしょう！　ばかやろう！（ズボンの裾をまくり上げて）おれを不具《かたわ》にしやがった！

ポッツォ　知らぬ人間が嫌いだとは言っといたはずだ。

ヴラジーミル　（エストラゴンに）見せてごらん。（エストラゴン、足を見せる。ポッツォに）血が出ている！

ポッツォ　元気な証拠だ。

エストラゴン　（傷ついた足を持ち上げたまま）もう歩けない！

ヴラジーミル　（優しく）抱いていってやるよ。（間）必要なら。

ポッツォ　ほれ、もう泣きやんだ。（エストラゴンに）いわばあんたが身代わりになったわけだな。（夢みるように）世界の涙の総量は不変だ。誰か一人が泣きだすたびに、どこかで、誰かが泣きやんでいる。笑いについても同様だ。（笑う）だから、今どきの世の中の悪口を言うのはやめよう、昔より特に今のほうが不幸だというわけじゃないんだから。（沈黙）だが、ほめるにも当たらない。（沈黙）なにも言わぬがよろしい。（沈黙）確かに、人口は増えた。

ヴラジーミル　歩いてごらん。

エストラゴン、びっこをひきながら歩き始める。ラッキーの前で立ち止まり、唾を吐きかけ、幕あきに坐っていた所へ坐りに行く。

ポッツォ　そうしたりっぱなことを教えてくれたのは誰だと思うかね？（間。ラッキーに向かって、指をつきつけながら）あいつだ！

ヴラジーミル　（空を眺めながら）夜はやってこない気かな、いったい？

ポッツォ　あいつがいなければ、ごく下劣なこと以外、考えることも、感じることもできなかったに違いない。なにしろ、わしの商売は――いや、それはどうでもいい。第一級の美しさ、優しさ、真実、そんなものは手に合わなかった。そこでわたしはクヌーク[37]を雇った。

ヴラジーミル　(思わず、空の様子をうかがうのをやめて) クヌークだって？

ポッツォ　こうなってから、そろそろ六十年……(心の中で計算して)[38]……そう、やがて六十年になる。(得意げに身を起こし) どうじゃ、それほどの年には見えんだろう？ (ヴラジーミル、ラッキーを眺める) あいつとくらべたら、まるで青年さ、そうじゃないかね？ (間。ラッキーに) 帽子！ (ラッキー、バスケットを置き、帽子を取る。ゆたかな白髪が、顔のまわりに落ちかかる。帽子を腋《わき》にはさむと、バスケットを取り上げる) そこで、これをごらん。(ポッツォ、自分の帽子[39]を取る。彼は全くの禿。帽子をかぶり) 見たかね？

ヴラジーミル　なんです、そのクヌークってのは？

ポッツォ　あんたがたはよその人だったな。だが、まさか、よその時代の人間じゃなかろうね。昔は道化を雇った。今じゃ、クヌークを雇うのさ。もちろん、それのできる人たちだけの話だが。

ヴラジーミル　そして、今になって追い払うんですか？　これほど年とった、これほど忠実な召使いを？

エストラゴン　人非人だ！

ポッツォ、だんだん興奮する。

ヴラジーミル　うまい汁をさんざん吸ったあとで、かすは捨てちまう、まるで……（言葉を捜す）……まるで、バナナの皮のように。そうじゃありませんか……

ポッツォ　（うめきながら、頭を両手でかかえて）もうだめだ……とてもがまんできん……あいつのすること、なすこと……あんたがたにはわからん……恐しい……やつはもうくびにしなければ……（両腕を振り回す）……わしは気が狂いそうだ……（両手で頭をかかえて崩れる）だめだ……もうだめだ……

沈黙。三人ともポッツォを見つめる。ラッキー、身震いする。

ヴラジーミル　もうだめだとさ。

エストラゴン　恐ろしいこった。

ヴラジーミル　気が狂いそうだ。

エストラゴン　いやだね、全く。

ヴラジーミル　（ラッキーに向かって）あんた、よくこんな！　恥ずかしいと思わんのかい？　こんなにいい御主人を！　こんなに苦しめて！[40]　それもきのうきょうのつき合いじゃない！

ええ、ほんとに！

ポッツォ　（すすり泣きながら）昔は……昔は優しかった……わしを助けて……気をまぎらせてくれて……わしをよいほうに導いてくれて……今じゃ……人を殺す気だ……

エストラゴン　（ヴラジーミルに）取り替えたいというのかな？

ヴラジーミル　なんだって？

エストラゴン　おれにはよくわからなかった、あいつを取り替えたいのか、それとも、あいつのあとにはもうそのなんとかってのはいらないのか。

ヴラジーミル　そうじゃなかろう。

エストラゴン　え？

ヴラジーミル　よくわからん。

エストラゴン　聞いてみたほうがいい。

ポッツォ　お二人とも、どうも失礼した。自分ながら、どうしたのかわからん。みんな忘れてもらいたい。（だんだんに自分をとり戻し）なにを言ったか、自分でもよくわからん。しかし、いま言ったことにほんとうのことは一つもない。これは確かだ。（からだを伸ばして、胸を叩き）わしが、ひとに苦しめられるような男に見えるかね、このわしが？　冗談じゃない！（ポケットを探り）パイプはどうしたかな？

エストラゴン　すばらしい晩[41]だ。
ヴラジーミル　忘れがたいね。
エストラゴン　しかもまだ終わったわけじゃない。
ヴラジーミル　どうやら、そうらしい。
エストラゴン　始まったばかりだ。
ヴラジーミル　全くたまらない。
エストラゴン　まるで芝居だ。
ヴラジーミル　ミュージック・ホールか。
エストラゴン　サーカスだ。
ヴラジーミル　スターリン的こっけいだ[42]。
ポッツォ　どうしたんだろう、あのブライヤーを！
エストラゴン　傑作だね、あのでかいパイプをなくしてやがった！（大声で笑う）
ヴラジーミル　すぐ来るからな。（舞台袖に行きかける）
エストラゴン　知ってるね、廊下の突き当たり、左側[43]だ。
ヴラジーミル　席をとっといてくれよ。（出て行く）
ポッツォ　あのアブダラ[44]をなくすなんて！

エストラゴン　（腹の皮をよじりながら）腹の皮がよじれるね！

ポッツォ　（頭を上げて）おや、見なかったかな――（ヴラジーミルのいないのに気がつき、がっかりして）おや、あの人は行ってしまったね！……わしにさよならも言わずに！　ひどいじゃないか！　あんた、とめてくれたらよかったのに。

エストラゴン　とめてたら洩らしちゃったでしょうね。

ポッツォ　そうか！（間）じゃあ、しかたがあるまい。

エストラゴン　ちょっと、こっちへいらっしゃい。

ポッツォ　なんだね？

エストラゴン　来てみりゃわかる。

ポッツォ　立ち上がれって言うのかね？

エストラゴン　いらっしゃい……早く……早く。

ポッツォ、立ち上がって、エストラゴンの方へ行く。

エストラゴン　ごらんなさい！

ポッツォ　おっ！　おやおや！

エストラゴン　終わったな。

ヴラジーミル、帰って来る。暗い顔。ラッキーにぶつかり、椅子を蹴とばしてひっくり返し、がたがたと行ったり来たりする。

ポッツォ　おもしろくないのかね？

エストラゴン　おまえ、いいとこを見そこなっちゃったぜ。[45]残念だったな。

ヴラジーミル、立ち止まり、椅子を起こし、また行ったり来たりする。やや静まる。

ポッツォ　落ち着いて来た。（あたりを見回し）だいいち、なにもかも落ち着いてきた。そんな感じだ。大いなる平和が降りてくる。聞きたまえ。（片手を上げ）牧神はまどろむ。[46]

ヴラジーミル　（止まって）夜はやってこない気か？

三人とも、空を眺める。

ポッツォ　あんたがたは日が暮れるまでここにいる気かね？
エストラゴン　それが実は……おわかりでしょう……
ポッツォ　いや、ごもっとも、ごもっとも。わしだって、あんたがたの立場に立てば、その、ゴダンとか……いや、ゴデー……ゴドー……おわかりだね、誰のことだか、その人と約束があればだ、まっ暗になるまで待ってみてから、あきらめるからな。（椅子を見て）ところで、坐りたいが、どうしたらよいか、えーと。
エストラゴン　なにかお手伝いできたら？
ポッツォ　うん、あんたに頼んでもらってみようか。
エストラゴン　えっ？
ポッツォ　あんたが、わしに、坐ってくれと頼んでみる。
エストラゴン　それで役に立ちますか？
ポッツォ　たぶんね。
エストラゴン　よし、じゃあと。どうぞ、お坐りください。
ポッツォ　いやいや、それにはおよびません。（間。低い声で）もう少し、熱心に。
エストラゴン　どうか、そうお立ちになったままでは、お風邪《かぜ》を召しますよ。
ポッツォ　そうかね？

エストラゴン　そうですとも、そりゃもう、絶対に確かです。
ポッツォ　あるいは、おっしゃるとおりかもしれん。（坐る）いや、ありがとう。これでまた落ち着けた。（時計を見て）しかし、そろそろ失礼する時間だ、遅れるといかんから。
ヴラジーミル　時間は止まってますよ。
ポッツォ　（時計を耳に当てて）そりゃいかん。そんなことは考えるもんじゃない。（時計をポケットに収めて）何を考えようとかってだが、それだけはいかん。[47]
エストラゴン　（ポッツォに）きょうは、なにもかも暗《くら》ーく見えるんですよ、この男には。
ポッツォ　ただし大空は別ってわけか。（笑う。この当意即妙な応答に自分で満足している）[48] ま、それも、しばらくの辛抱。いや、あんたがたはここの人じゃなかった。ご存じないのも道理だ。ここの夕暮れがどんなものか、まだご存じない。ひとつお話ししよう。（沈黙。エストラゴンは靴を、ヴラジーミルは帽子を、それぞれ点検し始めている。ラッキーの帽子が落ちる。当人は気づかない）では御期待に添って。（吸入器のしぐさ）えへん、ちょっと静粛に。（エストラゴンもヴラジーミルも、自分の用事を続けている。ラッキーは半ば眠っている。ポッツォ、鞭を鳴らす。だが、その音はごく弱い）どうしたかな、この鞭は。（立ち上がってさらに強く振る。最後にやっと成功する。ラッキーは飛び上がり、エストラゴンとヴラジーミルの手からは、それぞれ靴と帽子が落ちる。ポッツォは鞭を捨てて）役に立たん、こいつはもう。（自分の聴衆を眺めて）何を言ってたかな？

ヴラジーミル　行こう。

エストラゴン　そうお立ちになったままでは、寿命が縮まりますよ。

ポッツォ　そうだった。（坐る。エストラゴンに）お名前は、なんといわれたかな？

エストラゴン　（間髪を入れず）カトゥルス[49]。

ポッツォ　（聞いていないで）うん、そうだ、夜の話だ。（頭を上げ）だが、もう少し気をつけて聞いてくれなくては、どうにもならん。（空を眺め）見たまえ。（皆、空を眺める。ラッキーだけが、また居眠りを始める。ポッツォ、それに気がついて、綱を引く）見るんだ、空を、この豚！（ラッキー、顔をあおむけにする）よろしい。それでじゅうぶん。（皆、頭を戻す）なんのふしぎがある？　空として？　ごくあたりまえだ、今時分の空としては、青く明るい。（間）この緯度の地方では。（間）天気のよいときの話だが。（歌うような声で）紅白の光の波を、絶え間なく、朝の（ちょっとためらって、散文的な調子で）十時にしておこう、（再び叙情的になって）十時の朝まだきからわれわれにそそいでくれたこの大空は、およそ（時計を見て、散文的な調子で）まず一時間かな、（再び叙情的になって）小半時《こはんとき》以来、しだいしだいに、少しずつ（両手をだんだんに下げる動作）青みを増して、増し続けて、ついには（劇的な間、両手を水平に広げるおおげさな身ぶり）スパーッ！　終わりだ！　もう動かない！（沈黙）だが（お説教をするような手つきで）――だが、その静けさ、優しさのベールの陰に（目を空に向ける。ラッキーを除いて二人ともそれをまねる）夜は疾足《はやあし》でやってくる。[50]（声が震えてくる）そしてわれわれに飛びかかる。（指をピシリと鳴らし）タッ！　とこう（インスピレーションが消えてしまい）われわれが、考えもしなかった時にだ。（沈黙。陰鬱な声で）まず、いつもこんなぐあいだ、この淫売《ばいた》の地球[51]の上では。

長い沈黙。

エストラゴン　しかし、そう承知してりゃあな、前もって。
ヴラジーミル　辛抱できるさ。
エストラゴン　どう考えりゃいいのかわかってる。
ヴラジーミル　なにも心配することはない。
エストラゴン　待ってさえいりゃいい。
ヴラジーミル　慣れてるからな、待つのは。（帽子を拾い、中を見て、ふるってから、かぶる）
ポッツォ　どう思ったかね、いまのは？（ヴラジーミルとエストラゴンは、わからずに、ポッツォを眺める）よかった？　中ぐらいか？　まあまあってとこか？　とるにたらないか？　それとも全然くだらないか？[52]

ヴラジーミル　（まずわかって）あ、いや、とてもよかった。全く結構でした。

ポッツォ　（エストラゴン）で、あんたは？

エストラゴン　（英語のアクセントで）オウー、トテモォー、ヨイ、トテモォ、トテモォウ。[53]

ポッツォ　（飛び立つように）いや、ありがとう。（間）元気づけてくれる人がおらんと、やってゆけんからね。（考えて）終わりにいって、少し弱くなった。気がつかなかったかな？

ヴラジーミル　そういえば、ほんの少し、そんなふうにも。

エストラゴン　あれは、わざとなさったんだと思いましたが。

ポッツォ　どうも記憶力に欠陥があるらしい。[54]

沈黙。

エストラゴン　ところで、なにも起こらないね。

ポッツォ　（気の毒がって）さぞ退屈だろう？

エストラゴン　まあね。

ポッツォ　（ヴラジーミルに）あんたは？

ヴラジーミル　かんばしかありませんな。

　　沈黙。ポッツォ、内面の闘争に身をまかす。

ポッツォ　お二人とも、わたしに対して、実に……（言葉を捜す）……丁重だった。

エストラゴン　いいえ、どういたしまして！

ヴラジーミル　とんでもない！

ポッツォ　いや、そうですとも、お二人とも実に礼儀正しい。そこで考えるんだが……この退屈している善人に、いったい、わしは何をしてあげられるだろう？

エストラゴン　一ルイ金貨で結構ですが。

ヴラジーミル　おれたちは乞食じゃないよ。

ポッツォ　わしの考えているのは、そこだ。何ができる、時間のたつのが少しでも速いと感じさせてやるためには。わしは、鶏の骨もやった、あれこれと話もしてやった。夕暮れの説明まででしてやった。確かにそのとおりだ。だが、それはそれとしてだ、これでじゅうぶんだろうか、わしの苦しんでいるのはここだ、はたして、これでじゅうぶんか？

エストラゴン　たとい百スー55でも。

ヴラジーミル　黙れったら！
エストラゴン　黙るよ。
ポッツォ　じゅうぶんか？　そうかもしれん。しかし寛大なのがわしの生まれつきだ。きょうは。思いきって、ひとつ。（綱を引く。ラッキー、ポッツォを眺める）あとで悔やむにきまっているからな。（立ち上がらず、そのまま腰をかがめて鞭を取ると）どっちがいいかね？　踊らせるのと、歌わせるのと、それとも、朗読かな、ものを考えさせるのかな……
エストラゴン　誰に？
ポッツォ　誰だって！　あんたがた、ものを考えるなんてことができるのかね？
ヴラジーミル　この人は考えるんですか？
ポッツォ　りっぱに。それも大きな声で。昔はどうして、なかなかきれいに考えたもので、わしは、何時間聞いても飽きなかったんだが、今では……（身震いする）まあ、それもやむをえん。で、どうだね、なにか、考えさせてみるかな？
エストラゴン　おれは、踊ってもらったほうがいい。そのほうがにぎやかだ。
ポッツォ　そうともかぎらんが。
エストラゴン　なあ、ディディ、そのほうがにぎやかだろう？
ヴラジーミル　わたしは、考えてるところを聞いてみたいがな。

エストラゴン　まず踊って、それから考えてもらうことだってできるかもしれないさ。むりでなけりゃ。

ヴラジーミル　（ポッツォに）そう願えますか？

ポッツォ　よろしいとも、なんでもない。だいいち、それがものの順序というものだ。（短い笑い）[56]

ヴラジーミル　じゃあ、踊ってもらいましょう。

沈黙。

ポッツォ　（ラッキーに）わかったな？

エストラゴン　いやだって言うことはないんですか？

ポッツォ　それはあとで説明してあげよう。（ラッキーに）踊れ、くそったれ！

ラッキーはトランクとバスケットを置き、やや舞台前面へ進んで、ポッツォの方を向く。

エストラゴンは、よく見ようと、立ち上がる。ラッキーは踊り、じきにやめる。

エストラゴン　これっきりですか？

ポッツォ　もっとだ！

　　ラッキーは同じ動作を繰り返して、すぐやめる。

エストラゴン　なんだい、ちくしょう！（ラッキーの動作をまねして）おれにだってできらあ。（続けてまねし、転びかかる）ちょっと練習すりゃあ。

ヴラジーミル　あの人はくたびれてるんだ。

ポッツォ　昔は、踊ったんだが、ファランドール[57]も、エジプト踊りも、ブランルも、ジーグも、スペイン・ダンスも、いやホーンパイプさえ。よく跳《はね》たもんだ。だが今じゃ、できるのはこれだけだ。なんて名をつけているか知ってるかね、この踊りに？

エストラゴン　死にかかった電気屋の踊りかな。[58]

ヴラジーミル　いや、年寄りの癌《がん》患者の踊り。[59]

ポッツォ　網[60]の踊りだ。当人はあれで網の中でばたばたやっているつもりだ。

ヴラジーミル　（審美家ふうに気取って）そういえば、なにかこう……

　　ラッキーは荷物の方へ行こうとする。

ポッツォ　（馬に叫ぶように）ウォー！

ラッキー、硬直する。

エストラゴン　いやだって言うことはないんですか？
ポッツォ　説明しよう。（ポケットを探る）まてよ。（探る）どうしたかな、ボール[61]を？（捜す）なんてことだ！（茫然《ぼうぜん》とした顔を上げ、絶え入るような声で）吸入器をなくしてしまった！
エストラゴン　（絶え入るような声で）左の肺はすっかりやられている。（弱々しい咳をする。雷のような声で）だが、右の肺は完全だ！
ポッツォ　（普通の声で）しかたがない。なしですまそう。何を言ってたかな。（考える）まてて！（考える）なんてことだ！（顔を上げて）手伝ってくれんか！
エストラゴン[62]　考えてるんですがね。
ヴラジーミル　わたしも。
ポッツォ　まてまて！

三人とも、一度に帽子を脱ぎ、片手を額に持って行き、精神を集中する。身じろぎもしない。長い沈黙。

エストラゴン　（勝ち誇ったように）ああ！
ヴラジミール　見つけたな。
ポッツォ　（待ちきれず）で、なんだった？
エストラゴン　なぜ、あの人は荷物を置かないか。
ヴラジーミル　違う、違う！
ポッツォ　違うかね、確かに？
ヴラジーミル　だってそうでしょう、それはもう説明してくれたじゃありませんか。
ポッツォ　もう説明した？
エストラゴン　説明してくれた？
ヴラジーミル　だいいち、もう荷物を持っちゃいない。
エストラゴン　（ラッキーをちょっと見て）ほんとだ。だが、それで？
ヴラジーミル　持ってない以上、なぜ持ってるかって聞くわけにはいかないよ。
ポッツォ　確固たる推論だ！

エストラゴン　じゃあ、なぜ、置いたんだい？
ポッツォ　そこだ。
ヴラジーミル　踊るためさ。
エストラゴン　ああ、そうか。
ポッツォ　（手を上げて）ちょっと待った！（間）黙って！（間）そうだ。（帽子をかぶり）わかった。

エストラゴンとヴラジーミル、帽子をかぶる。

ヴラジーミル　見つけたな。
ポッツォ　実は、こうだった。
エストラゴン　どうでした？
ポッツォ　いまわかるから。しかし、ちょっと言いにくい。
ヴラジーミル　じゃあ、言わないでおくがいい。
ポッツォ　いや心配せんでよろしい。なんとかやってみる。だが、ごく簡単に言いたい。なにしろもうおそいから。簡単に、しかも明瞭に、こいつは容易じゃない。ちょっと考えさせてもらおう。

エストラゴン　ゆっくり考えなさい。その方が早いよ、かえって。
ポッツォ　（考えてから）これでよかろう。いいかね、なにごとも一つに一つだ。
エストラゴン　気違いざたが始まった。
ポッツォ　あいつに、なにか言いつける。たとえば、踊るとか、歌うとか、考えるとか……
ヴラジーミル　結構、結構、わかりますよ。
ポッツォ　でなければ、なにも言いつけん。と、こういうわけだ。よろしい。そこで、いや、話のじゃまをしてはいかん。そこでなにかあいつに言いつけたとしよう、たとえば……そう……踊れと。すると、どうなるか？
エストラゴン　口笛でも吹き始める。
ポッツォ　（怒って）もう話さん。
ヴラジーミル　どうぞ、続けてください。
ポッツォ　話のじゃまばかりするじゃないか、あんたがたは。
ヴラジーミル　続けて、続けて、実におもしろい。
ポッツォ　もう少し熱心に。
エストラゴン　（両手を合わせて）お願いです、どうかお続けください、お物語を。
ポッツォ　どこだったかな？

ヴラジーミル　あの人に踊れと言いつける。
エストラゴン　それから歌えと。
ポッツォ　そうだ、歌えと言う。すると、どうなるか？　言いつけたとおりに歌うか、あるいは、言いつけたとおりに歌う代わりに、たとえば、怒りだすか、あるいは考えだすか、あるいは……
ヴラジーミル　わかりました、わかりました、たとえは、とばして。
エストラゴン　もうたくさん！
ヴラジーミル　でも、やっこさん、きょうは、あなたが言いつけたことは、みんなしてますがね。
ポッツォ　それは、わしの同情をひくためだ、わしに追い出されないためだ。
エストラゴン　ありゃあ、みんな嘘っぱちだ。
ヴラジーミル　そうともかぎらない。
エストラゴン　すぐに、いま言ったことにほんとうのことは一つもないって言いだすぜ。
ヴラジーミル　（ポッツォに）反論しないんですか？
ポッツォ　わしはくたびれた。

沈黙。

エストラゴン　なんにも起こらない、だあれも来ない、だあれも行かない。全くたまらない。
ヴラジーミル　（ポッツォに）考えるように言いつけてみてくれませんか。
ポッツォ　あいつの帽子を拾ってやってくれたまえ。
ヴラジーミル　帽子？
ポッツォ　あいつは、帽子なしじゃ考えられないんだ。
ヴラジーミル　（エストラゴンに）帽子を拾ってやんな。
エストラゴン　おれが！　あんなひどい目にあわされたあとでかい！　まっぴらだ！
ヴラジーミル　じゃあ、わたしが拾ってやろう。（動かない）
エストラゴン　自分で拾いに行ったらいいんだ。
ポッツォ　拾ってやったほうがよろしい。
ヴラジーミル　拾ってやろう。

ヴラジーミルは、帽子を拾って、手をできるだけ伸ばして、ラッキーに差し出す。ラッキー、動かない。

ポッツォ　かぶせておやんなさい。

エストラゴン　（ポッツォに）受け取るように言いつけたらいいでしょう。
ポッツォ　かぶせてやったほうがいい。
ヴラジーミル　じゃあ、かぶせよう。

ヴラジーミルは、ラッキーのまわりを注意深く回って、後ろからそっと近づくと、帽子を頭へのせて、さっと後へさがる。ラッキー、動かない。沈黙。

エストラゴン　さあ、早くやってもらいたいな。
ポッツォ　少し離れて。（エストラゴンとヴラジーミルは、ラッキーから遠のく。ポッツォ、綱を引く。ラッキー、ポッツォを見つめる）考えろ、豚！（間。ラッキー、踊り始める）やめろ！（ラッキー、やめる）前進！（ラッキー、ポッツォに近づく）そこだ！（ラッキー、止まる）考えろ！（間）
ラッキー　他方、それに関する……
ポッツォ　やめろ！（ラッキー、黙る）後退！（ラッキー、退く）そこだ！（ラッキー、止まる）どうどう！（ラッキー、観客の方に向く）考えろ！

ラッキー[63]の長広舌のあいだ他の者は次のように反応する。

(1) ヴラジーミルとエストラゴンは注意を集中。ポッツォはがっくりし、うんざりする。

(2) ヴラジーミルとエストラゴンが抗議し始める。ポッツォの苦悩は増大する。

(3) ヴラジーミルとエストラゴンは再び注意を集中。ポッツォはさらに苛立ち、うめき声を出す。

(4) ヴラジーミルとエストラゴンは激しく抗議する。ポッツォはひととびに立ち上がると、綱を引く。四人とも呼ぶ。ラッキーは綱を引き、よろめきながら、台詞をわめく。三人そろってラッキーに飛びかかる。ラッキーはもがきながら、台詞をわめきつづける。

ラッキー[64]　（単調に）前提としてポアンソン[65]とワットマン[66]の最近の土木工事[67]によって提起された白い髭の人格的かかかか神[68]の時《じ》かかか間《かん》と空間の外における存在を認めるならばその神的無感覚その神的無恐怖その神的失語症の高みからやがてわかるであろうがなぜかわからぬ多少の例外を除いてまさにわれわれを愛し神的ミランダ[69]のごとくやがてわかるであろうがなぜかわからぬ苦しみの中に火の中にある人々とともに苦悩しそしてその火その炎がたとえわずかでももう少し続くならばそしてなんびともそれに疑いをさしはさみ得ずついには天の梁《はり》に火を

つけるであろうつまり地獄を焼く火は今日なお時にかくも青く静かに[70]断続的でありながらしかもなお歓迎すべきである静けさをもってかくも静かなる天上に至るが即断すべきでないのであって他方テスチュとコナール[71]の未完成なしかしブレスのベルヌ[72]の人体そくそく測定学[73]アカカカカデミー賞を得た研究の結果として人間の行なう計算につきまとう誤謬の可能性を除けば決定的に証明されたのはテスチュとコナールの未完成未完成の研究の結果として証明明明されたのは以下の以下のつまりなぜかわからぬが即断すべきでないのであってポワンソンとワットマンの工事の結果同様に明瞭にかくも明瞭になったのはファルトフとベルシェ[74]の労作に照らして未完成未完成なぜかわからぬテスチュとコナール未完成未完成現われるのはすなわち人間は反対意見に反して人間はブレスのテスチュとコナールの人間は結局要約すれば要約された人間は結局栄養と廃物除去の進歩にもかかわらず痩せつつあり同時に平行的になぜかわからぬが肉体訓練の発達スポーツの実施にもかかわらず例えば例えばテニスフットボール競走自転車競走水泳乗馬航空欲望[75]テニスカモジー[76]スケート氷上とローラーとテニス航空スポーツ冬のスポーツ夏の秋の秋のテニスローンテニス芝の上の杉《すぎ》の上のクレイの航空テニス地上ホッケー水中空中ペニシリンとその代用薬品要するに繰り返せば同時に平行的になぜかわからぬが矮小化《わいしょうか》し繰り返せばテニス航空九ホールあるいは十八ホールのゴルフ氷上テニスにもかかわらず要するになぜかわからぬがセーヌ県セーネワーズ県セーネマルヌ県マル

ネワーズ県[77]においてつまり同時に平行的になぜかわからぬが痩せ細り繰り返せばワーズマルヌ要するにヴォルテール[78]の死以来ノルマンディー[79]においては一人頭《ひとりあたま》の丸損分が裸で目盛りを甘くして四捨五入してほぼ平均約一人頭二インチ当たり百グラムであり要するになぜかわからぬが結局問題でないのは事実がそこにあるからで他方考えてみればさらに重大なことではあるがさらに重大なことが導き出されシュタインヴェークとペーターマン[80]の進行中の実験に照らし照らしてみるとさらに重大なことが導き出されたというのはさらに重大なことがシュタインヴェークとペーターマンの中絶した実験[81]に照らし照らしてみると野でも山でも海岸でも小川の岸でも水辺でも火のそばでも空気は同じで地球はすなわち空気と地球はきびしい寒気によって空気と地球はきびしい寒気によって残念ながらその第七紀において石のすみかとなりエーテルと地球と海は深い所も石のすみかとなりきびしい寒気が海上にも地上にも空中にも繰り返せばなぜかわからぬがテニスにもかかわらず事実がそこにありなぜかわからぬが繰り返せば先へいけば要するに結局残念ながら先へいけば石のすみかなんぴともそれに疑いをさしはさみ得ず繰り返せばしかし即断すべきでないのであって繰り返せば頭蓋骨[82]は同時に平行的に矮小化しなぜかわからぬがテニスにもかかわらず先へいけば髭炎涙石はかくも青くかくも静かで残念ながら頭蓋骨頭蓋骨頭蓋骨頭蓋骨ノルマンディーにおいてはテニスにもかかわらず中絶した未完成の労作はさらに重大な石要するに繰り返せば残念ながら中絶された

未完成の頭蓋骨頭蓋骨ノルマンディーにおいてはテニスにもかかわらず頭蓋骨残念ながら石コナールコナール……（乱闘。ラッキーはなおいくらかうめく）テニス！……石！……かくも静かな！……コナール！……未完成！……

ポッツォ　こいつの帽子を！

ヴラジーミルは、ラッキーの帽子をひったくる。ラッキー、黙って倒れる。偉大なる沈黙。勝利者たちのあえぎ。

エストラゴン　かたきを討ったぞ。

ヴラジーミルは、ラッキーの帽子をつくづく眺め、中をのぞく。

ポッツォ　こっちへくれたまえ！（ヴラジーミルの手から帽子をひったくり、地面に投げつけ、その上に飛びのって）こうしてしまえば、もう考えなんかせんだろう！

ヴラジーミル　でも方角がわからなくなりませんか？

ポッツォ　方角はわしが教えてやる。（ラッキーを足蹴にして）立て！　豚！

エストラゴン　死んだかもしれない。
ヴラジーミル　殺す気ですか？
ポッツォ　立て！　ろくでなし！（綱を引く。ラッキー、わずかにすべる。エストラゴンとヴラジーミルに）手をかしてくれんか。
ヴラジーミル　でも、どう？
ポッツォ　引っ張り上げる。

エストラゴンとヴラジーミルは、ラッキーを立たせ、ちょっと支えているが、やがて放す。ラッキー、再び倒れる。

エストラゴン　わざとやってるんだ。
ポッツォ　支えていなければいかん。（間）さあさあ、引っ張り上げて！
エストラゴン　おれはもうごめんだよ。
ヴラジーミル　まあまあ、もう一度やってみようよ。
エストラゴン　おれたちを誰だと思っているんだ？
ヴラジーミル　まあいいから。

二人は、ラッキーを起こし、支える。[83]

ポッツォ　放しちゃいけない！（エストラゴンとヴラジーミル、ふらふらする）動かないで！（ポッツォは、トランクとバスケットを取りに行き、ラッキーの方へ持って来る）しっかり押える！（ラッキーの片手にトランクを持たせるが、ラッキーはすぐ放してしまう）放しちゃいかんよ！（ポッツォ、また始める。トランクとの接触で、ラッキーは、少しずつ気を取り戻し、ついにその指が、トランクの握りをつかむ）まだ押えて！（バスケットも同様につかませる）さあ、放してよろしい。（エストラゴンとヴラジーミルは、ラッキーから離れる。ラッキーは、倒れかかり、よろめき、からだを折るが、トランクとバスケットを手にしたまま、どうにか立っている。ポッツォ、退き、鞭を鳴らし）前進！（ラッキー、前へ出る）後退！（ラッキー、後ろへさがる）回れ右！（ラッキー、回る）これでよろしい、もう歩ける。（エストラゴンとヴラジーミルの方へ向き直り）いや、お二人とも、ありがとう。ではこれで——（ポケットを探る）——お二人の御幸運を——（探る）——御幸運を——（探る）——いったい、どこへ入れたかな、時計を？[84]（探る）なんてことだ！（ゆがんだ顔を上げて）秒針つきの、諸君、本物の両蓋懐中時計ですぞ。お祖父《じい》ちゃん[85]にもらったものなんだ。（探る）落ちたのかもしれん。（地面を捜す。エストラゴンとヴラジーミルもそれにならう。ポッツォ、足で、落ちているラッキーの帽子をひっくり返してみる）こいつは、冗談じゃない！

ヴラジーミル　もしかすると、胴着のポケットじゃありませんか。

ポッツォ　なるほど。（からだを折って、頭を腹に近づけ、聞く）なにも聞こえん！（二人に近づくように合図し）ちょっと聞いてみてくれんか。（エストラゴンとヴラジーミルは、ポッツォに近寄り、からだをかがめて腹に耳を当てる）チクタクが聞こえるはずだがな。

ヴラジーミル　黙って！

三人とも、からだをまげて、聞く。

エストラゴン　なんか聞こえる。

ポッツォ　どこで？

ヴラジーミル　心臓だよ、そいつは。

ポッツォ　（がっかりして）おやおや、ちくしょう！

ヴラジーミル　黙って！

三人、聞く。

エストラゴン　止まってしまったのかもしれない。

三人とも、からだを伸ばす。

ポッツォ　こんなにくさいのは、二人のうち、どっちかね？
エストラゴン　こいつは口が、わたしは足が、ちょっとにおうんで。
ポッツォ　では、おいとましましょう。
エストラゴン　でも、懐中時計は？
ポッツォ　屋敷に置いてきたんだろう、たぶん。
エストラゴン　そうですか。じゃあ、さようなら。
ポッツォ　さようなら[86]。
ヴラジーミル　さようなら。
エストラゴン　さようなら。

沈黙。だれも動かない。

ヴラジーミル　さようなら。
ポッツォ　さようなら。
エストラゴン　さようなら。

沈黙。

ポッツォ　そして、ありがとう。
ヴラジーミル　こちらこそ。
ポッツォ　とんでもない。
エストラゴン　いや、ほんとです。
ポッツォ　いやいや、どうして。
ヴラジーミル　いや、ほんとです。
エストラゴン　とんでもない。

沈黙。

ポッツォ　どうも……（ためらう）……立ち去りがたい。

エストラゴン　これが世の中ですよ。

ポッツォは、からだをかえして、ラッキーから遠ざかり、綱を伸ばしながら、舞台袖の方へ行く。

ヴラジーミル　方角が違いますよ。

ポッツォ　はずみがいるんだ。（綱がいっぱいに伸びきるところ、すなわち、舞台袖にはいったところで止まると、振り返って叫ぶ）すこし離れて！（エストラゴンとヴラジーミルは、舞台奥に並んで、ポッツォの方を眺める。鞭の音）前進！（ラッキー、動かない）

エストラゴン　前進！

ヴラジーミル　前進！

鞭の音。ラッキー、ゆらめく。

ポッツォ　もっと速く！（ポッツォは、ラッキーに続いて舞台袖から出、舞台を横切る。エストラゴンとヴラジーミルは、帽子を取って、手を振る。ラッキー、舞台袖に入る。ポッツォ、綱と鞭を鳴らす）もっと速く！　もっと速く！（ポッツォ、姿を隠そうとする寸前に立ち止まり、振り返る。綱がぴんと張る。ラッキーの転ぶ音）腰掛け！（ヴラジーミルは、椅子を取りに行き、ポッツォに、渡す。それをポッツォは、ラッキーの方へ投げて）さようなら！

エストラゴン
ヴラジーミル　｝（手を振りながら）さようなら！　さようなら！

ポッツォ　立て！　豚！（ラッキーの起き上がる音）前進！（ポッツォ、去る。鞭の音）前進！　さようなら！　もっと速く！　豚！　おう！　さようなら！

沈黙。

ヴラジーミル　おかげで時間がたった。
エストラゴン　そうでなくったってたつさ、時間は。
ヴラジーミル　ああ、だが、もっとゆっくりな。

間。

エストラゴン　今度は何をするかな？
ヴラジーミル　わからない。
エストラゴン　もう行こう。
ヴラジーミル　だめだよ。
エストラゴン　なぜさ？
ヴラジーミル　ゴドーを待つんだ。
エストラゴン　ああ、そうか。

間。

ヴラジーミル　変わったもんだな、あの人たちも。[87]
エストラゴン　誰が？
ヴラジーミル　いまの二人さ。

エストラゴン　そうだ。少しこうしておしゃべりしよう。
ヴラジーミル　変わったろう、ずいぶん、あの二人は？
エストラゴン　そうかもしれない。変われないのはおれたちだけだ。
ヴラジーミル　かもしれない？　確かだよ、これは。おまえ、よく見たろう？
エストラゴン　そうさね。でも、おれはあの連中を知らないからな。
ヴラジーミル　そんなことはない。知ってるじゃないか。
エストラゴン　嘘だ。
ヴラジーミル　知ってるって言ってるんだ。おまえときたらなんでも忘れちまうんだから。（間）もっとも、あれが同じ人間でないとしたら別だが。
エストラゴン　その証拠には、むこうで、こっちがわからなかった。
ヴラジーミル　それだけじゃなんともいえない。わたしのほうだって、むこうがわからないようなふりをしたからな。それに、わたしたちのことは誰にもわからないよ。
エストラゴン　もういい。問題は――あいたっ！（ヴラジーミルは身じろぎもしない）たたたた！
ヴラジーミル　同じ人間でないとしたら別だが。
エストラゴン　ディディ！　今度は、こっちの足だ！（びっこをひきながら、幕あきに坐っていた場所の方へ行く）

舞台袖からの声　あの！

エストラゴン、立ち止まる。二人とも、声の方を見る。

エストラゴン　また始まった。
ヴラジーミル　こっちへおいで。

男の子がびくびくしながら、出て来る。立ち止まる。

男の子　アルベールさんは？
ヴラジーミル　わたしだよ。
エストラゴン　なんの用だ？
ヴラジーミル　もっとこっちへおいで。

男の子、動かない。

エストラゴン　（強く）来いったら！

男の子、びくびく近寄り、立ち止まる。

ヴラジーミル　なんだね？
男の子　ゴドーさんが――（黙る）
ヴラジーミル　そんなことかと思った。（間）ここへおいで。

男の子、動かない。

エストラゴン　（強く）来いって言ってるんだ！（男の子、びくびくと前へ出て、止まる）なぜ、こんなにおそくなったんだ？
ヴラジーミル　ゴドーさんのことづてがあるのかね？
男の子　そうです。
ヴラジーミル　そうか、言ってごらん。
エストラゴン　なぜおそくなったんだ？

男の子は、二人をかわるがわる見て、どちらに答えていいかわからない。

ヴラジーミル　（エストラゴンに）そうがみがみ言わないで。

エストラゴン　（ヴラジーミルに）おまえは黙ってな。（前へ出て、男の子に）いま何時《なんじ》だか知ってるのか？

男の子　（退きながら）でも、ぼくのせいじゃないんです。

エストラゴン　じゃあ、おれのせいか？

男の子　こわかったんです。

エストラゴン　こわいって、何が？　鳥たち[88]がかい？（間）返事したらどうだ！

ヴラジーミル　わかってる。こわがらせたのはあの連中だよ。

エストラゴン　おまえ、いつからここにいるんだ。

男の子　ちょっと前から。

ヴラジーミル　鞭がこわかったんだな？

男の子　ええ。

ヴラジーミル　叫び声が？

男の子　ええ。
ヴラジーミル　二人の男の人がね？
男の子　ええ。
ヴラジーミル　あの二人、知ってるかい？
男の子　いいえ。
ヴラジーミル　きみは、この土地の子か？
男の子　ええ。
エストラゴン　みんな嘘っぱちだ！（男の子の腕を取って、ゆすり）ほんとうのことを言うんだ！
男の子　（震えながら）でも、それがほんとうなんです。
ヴラジーミル　いいから、そっとしといてやれったら？　どうかしてるよ、おまえは。（エストラゴン、男の子を放すと、あとずさりして、両手で顔をおおう。ヴラジーミルと男の子は、それを見つめる。エストラゴン、ゆがんだ顔を見せる）どうしたんだ？
エストラゴン　おれは不幸だ。
ヴラジーミル　ばかいえ！　いつからだい？
エストラゴン　忘れた。
ヴラジーミル　記憶ってのは、ほんとにあてにならんからな。（エストラゴン、なにか言おうとするが、あきらめて、びっこを引いて、坐りに行き、靴を脱ぎ始める。男の子に）それで？

男の子　ゴドーさんが……

ヴラジーミル　（さえぎって）きみは会ったことがあるね？

男の子　ぼく、わかりません。

ヴラジーミル　わたしを知らないか？

男の子　ええ。

ヴラジーミル　きのう、来たんじゃないか？

男の子　いいえ。

ヴラジーミル　ここへ来たのは、初めてかね？

男の子　ええ。

沈黙。

ヴラジーミル　誰でも口ではそう言うが。[89]（間）じゃあ、続きを聞こう。

男の子　（一気に）ゴドーさんが、今晩は来られないけれど、あしたは必ず行くからって言うようにって。

ヴラジーミル　それだけかい？
男の子　ええ。
ヴラジーミル　きみは、ゴドーさんのところで働いているのかね？
男の子　ええ。
ヴラジーミル　何をしてるんだ？
男の子　山羊《やぎ》の番です。
ヴラジーミル　ゴドーさんは、きみには優しいかい？
男の子　ええ。
ヴラジーミル　ぶたないかい？
男の子　ええ、ぼくは。
ヴラジーミル　じゃあ、誰をぶつんだ？
男の子　ぼくの兄さんです。
ヴラジーミル　ほう！　きみには兄さんがいるのか？
男の子　ええ。
ヴラジーミル　兄さんは何をしている？
男の子　羊の番です。

ヴラジーミル　だが、なぜ、きみをぶたないんだね？
男の子　わかりません。
ヴラジーミル　きみが好きなんだろうな。
男の子　知りません。
ヴラジーミル　食べものは、たくさんくれるかい？（男の子、ためらう）ええ、ゴドーさんは食べものをたくさんくれるのかい？
男の子　ええ、かなり。
ヴラジーミル　きみは不幸じゃないね。（男の子、ためらう）聞いてるのかい？
男の子　ええ。
ヴラジーミル　じゃあ、どうなんだ？
男の子　ぼく、わかりません。
ヴラジーミル　自分が不幸かどうか、わからないのか？
男の子　ええ。
ヴラジーミル　わたしと同じだ。（間）きみはどこに寝る？
男の子　物置きです。
ヴラジーミル　兄さんとか？

男の子　ええ。

ヴラジーミル　藁の中で？

男の子　ええ。

間。

ヴラジーミル　もう、行っていい。

男の子　ゴドーさんになんて言いましょうか？

ヴラジーミル　そうだな……（ためらう）わたしたちに会ったと言いな。（間）そうだろ、きみは確かにわたしたちに会ったんだろう？

男の子　ええ。（退き、ためらい、向きを変えると、走り去る）

光が、いきなり弱くなり、一瞬にして夜となる。奥に、月がのぼってきて、止まると、舞台一面を銀色に照らす。

ヴラジーミル　やっとか！[91]（エストラゴン、立ち上がって、ヴラジーミルの方へ、片手に靴を二つさげて近づく。そして、舞台前面にそれを置くと、腰を伸ばして月を眺める）何してるんだ、そこで？

エストラゴン[92]　おまえと同じさ、月の光を見ている。

ヴラジーミル　いや、おまえの靴だ。

エストラゴン　ここに残しとく。（間）誰かおれと同じように……同じように……とにかく、おれより文数《もんすう》の小さいのが来たら、喜ぶだろうから。

ヴラジーミル　だって、靴なしじゃ歩けまい。

エストラゴン　キリストは歩いたよ。

ヴラジーミル　キリスト！　そりゃどういうつもりだい！　いくらなんだって、自分とキリストをいっしょにする気じゃあるまい！

エストラゴン　おれは、一生、自分をキリストといっしょにしてきたんだよ。[93]

ヴラジーミル　だが、ありゃあ、暑い国の話だぜ！　からっとした気候の！

エストラゴン　そうだな。それに、じきに磔刑《はりつけ》にされちまったしな。

沈黙。

ヴラジーミル　もう、ここにいてもしかたがない。
エストラゴン　ほかだってだめさ。
ヴラジーミル　なんだ、ゴゴ、そんなこと言うもんじゃない。あしたになれば、万事うまくいくよ。
エストラゴン　だって、どうして？
ヴラジーミル　あの子が言ったのを聞いてなかったのか？
エストラゴン　いいや。
ヴラジーミル　ゴドーがあしたは必ず来るって言っていた。（間）どうだ？
エストラゴン　じゃあ、ここで待ってればいい。
ヴラジーミル　ばかいっちゃいけない。夜露をしのがなくちゃあ。（エストラゴンの腕を取り）
　さあ、行こう。（エストラゴンを引っ張る。エストラゴンは、はじめ従うが、やがて逆らう。
　二人は立ち止まる）
エストラゴン　（木を眺めて）綱一本ないのが残念だ。
ヴラジーミル　行こうよ。寒くなってきた。
エストラゴン　あした、綱を持って来ることを思い出させてくれよ。
ヴラジーミル　よしよし。さあ。（引っ張る。エストラゴン、また立ち止まる）
エストラゴン　もうどのくらいになるかな。こうして始終いっしょになってから？

ヴラジーミル　そうだな、五十年くらいかな。
エストラゴン　おれがデュランス川94へ身投げした日のこと、覚えてるかい？
ヴラジーミル　葡萄《ぶどう》摘みをしていたっけ。
エストラゴン　おまえがおれを釣り上げちまった。
ヴラジーミル　過ぎたことさ、みんな。
エストラゴン　おれの着物が日の光で乾いたっけ。
ヴラジーミル　もう考えるなよ。さあ、行こう。（同じ動作の繰り返し）
エストラゴン　ちょっと待てよ。
ヴラジーミル　寒いじゃないか。
エストラゴン　ときどき思うんだ、おれたち、お互い別々に、一人でいたほうがよかったんじゃないかなって。（間）同じ道を歩くようにはできちゃいなかったんだ。
ヴラジーミル　（怒らずに）どうかな、それはわからない。
エストラゴン　わからないといえば、なんだってそうだ。
ヴラジーミル　そのほうがいいと思うんなら、いつだって別れられるんだよ。
エストラゴン　今じゃもうむだだろう。

沈黙。

ヴラジーミル　そうだな、今じゃもうむだだ。

沈黙。

エストラゴン　じゃあ、いくか？

ヴラジーミル　ああ、行こう。

二人は、動かない。

——幕——

第二幕

翌日。同じ時間。同じ場所。

舞台前面にエストラゴンの靴が、踵を揃え、つま先を開いて置かれている。ラッキーの帽子が、もとのままの位置にある。

木は、葉に[1]おおわれている。

勢いよく、ヴラジーミルが出て来る。彼は、立ち止まると、長いこと木を眺める。そして急に、勢いよく舞台をあらゆる方向に歩き回る。だが、靴の前に来て、また立ち止まり、からだをかがめて、片方を拾い上げ、調べてみる。ちょっとにおいをかいでから、そっと元どおりに置く。また、せわしなく行ったり来たりし始める。今度は、上手の舞台袖の前で立ち止まり、片手を目にかざして、長いこと遠くを眺める。再び行ったり来たり。下手の舞台袖で立ち止まり、同じ動作。行ったり来たり。突然、立ち止まり、両手を胸に合わせ、頭を後ろに返して、大声で歌い出す。

ヴラジーミル

犬が一匹、腸詰を……

　あまり低い[2]音程で始めてしまったので、途中でやめると、咳ばらいをしてから、もっと
　高い[3]音程でやり直す。

犬が一匹、腸詰を
パクリとひとつやったので
肉屋は大匙ふりあげた
あわれな犬はこまぎれに
それを見ていたほかの犬
せっせ、せっせと、墓づくり……

　歌いやめて、瞑想にふけり、また続ける。

それを見ていたほかの犬

せっせ、せっせと、墓づくり
白木づくりの十字架に
目につくようにこう書いた

犬が一匹、腸詰を
パクリとひとつやったので
肉屋は大匙ふりあげた
あわれな犬はこまぎれに

それを見ていたほかの犬
せっせ、せっせと、墓づくり……

　歌いやめて、瞑想にふけり、また続ける。

それを見ていたほかの犬
せっせ、せっせと、墓づくり……

同じしぐさ。もっと低音で再び、

せっせ、せっせせと、墓づくり[4]……

ヴラジーミル、黙り、一瞬、身じろぎもしない。やがて力なく舞台をあらゆる方角に歩き回る。そしてまた木の前で立ち止まり、行ったり来たりを始め、靴の前で立ち止まり、行ったり来たりを始め、下手の舞台袖へ走って行き、遠くを眺め、次には上手へ走り、遠くを眺める。このときエストラゴン、下手袖から、裸足で、頭をたれて、ゆっくり現われ、舞台を横切る。ヴラジーミル、振り返って、エストラゴンを認める。

ヴラジーミル　またおまえか！（エストラゴンは、立ち止まるが、顔は上げない。ヴラジーミル、近寄って）さあ、抱擁だ！

エストラゴン　さわらないでくれ！

ヴラジーミル、傷ついて飛んで行くのをやめる。沈黙。

ヴラジーミル　わたしは、どこかへ行っちまったほうがいいのかな？（間）ゴゴ！（間。ヴラジーミル、注意深くエストラゴンを見つめる）ぶたれたのか？（間）ゴゴ！（エストラゴン、頭を下げたまま黙りこくっている）ゆうべは、どこにいたんだ？（沈黙。ヴラジーミル、前へ出る）

エストラゴン　さわらないでくれ！　聞かないでくれ！　なにも言ってくれるな！　ただ、そこにいてくれ！

ヴラジーミル　おまえから離れたことが一度でもあるかい？

エストラゴン　おれが行こうとしたとき、止めなかったじゃないか。

ヴラジーミル　ちょっと、こっちをごらん！（エストラゴンは動かない。雷のような声で）こっちを見ろといったら！

エストラゴン、顔を上げる。二人は、芸術作品でも眺めるように、退いたり、前へ出たり、頭を傾けたりしながら、相手をつくづく眺める。そして、だんだん震えながら相手に近寄り、急に抱き合って、背中を叩き合う。抱擁が終わる。エストラゴン、支えがはずれて、転びかける。

エストラゴン　なんて一日だ!
ヴラジーミル　誰にやっつけられたんだ?　話してごらん。
エストラゴン　これで、どうやら、また一日過ぎた。
ヴラジーミル　まだだよ。
エストラゴン　おれにとっちゃあ、きょうはこれでおしまいさ、あとなにが起ころうと。(沈黙)
　いま、歌を歌ってたろう、聞いたぜ。
ヴラジーミル　そういえば、そうだった。
エストラゴン　まいったよ。おれは思ったんだ、あいつはひとりだ、おれがほんとに行っちまったきりだと思っている、それだのに歌を歌ってる。
ヴラジーミル　気分というものは、どうにもならないよ。きょうは一日じゅう、すばらしい気分だったんだ。(間) ひと晩じゅう、一度も起きなかったからな。
エストラゴン　(悲しげに) そうだろう、おれがいないほうがおしっこの調子がいいんだ、おまえは。
ヴラジーミル　おまえがいなくて寂しかった——それでいてまた満足だった。変だろう?
エストラゴン　(憤然として) 満足?
ヴラジーミル　(考えて) と言ってはいけないかもしれない。

エストラゴン　だが、今は？

ヴラジーミル　（自分自身に相談してみて）今と……そう……目をつぶれば（目をつぶって、さらに用心のために、両手で押えて）感じるのは……そう……光が、わたしを置いてきぼりにしたということかな。（目を開いて）またおまえがここにいる。そこで今はと、（再び目をつぶり、精神を集中する）今は、自分が、まっ暗になったような気がする。内的にね。変だろう？

エストラゴン　そうだろう、おれがいると、おまえは調子が悪いのさ。おれだってそうだ、ひとりのほうがいい。

ヴラジーミル　（むっとして）じゃあ、なぜまた戻って来るんだい？

エストラゴン　わからない。

ヴラジーミル　わたしにはわかる。おまえは、自分で自分が守れないのさ。わたしがいたら、おまえをぶたせはしなかった。

エストラゴン　そうはいかなかっただろうな。

ヴラジーミル　なぜだ？

エストラゴン　やつらは十人だったからね。

ヴラジーミル　違うよ。おまえに、ぶたれるようなことをさせなかったというのさ。

エストラゴン　おれは、なんにもしやしなかった。

ヴラジーミル　じゃあ、なぜぶったんだ？
エストラゴン　わからない。
ヴラジーミル　いや、ゴゴ、いいかい、おまえの気がつかないことで、わたしにはわかることがあるんだよ。それは感じてるだろ、おまえだって？
エストラゴン　だって、なんにもしなかったたって言ってるだろう。
ヴラジーミル　そう、そりゃしなかったかもしれない。だがね、自分の身がかわいかったら、やり方があるんだよ、やり方が。が、まあいい。この話はもうやめよう。おまえが帰って来た。それだけでうれしいよ。
エストラゴン　やつらは十人だった。
ヴラジーミル　おまえだってそうだろう、ほんとはうれしいんだろう、白状しな。
エストラゴン　うれしいって、何が？
ヴラジーミル　またわたしに会ってさ。
エストラゴン　そうかな？
ヴラジーミル　言ってごらん、ほんとでなくても。
エストラゴン　なんて言うんだ？
ヴラジーミル　だから、わたしはうれしい。

エストラゴン　わたしはうれしい。

ヴラジーミル　わたしもね。

エストラゴン　わたしもね。

ヴラジーミル　わたしたちはうれしい。

エストラゴン　わたしたちはうれしい。（沈黙）さて、うれしくなったところで、何をしよう？

ヴラジーミル　ゴドーを待つのさ。

エストラゴン[6]　ああそうか。

沈黙。

ヴラジーミル　きのうとは、変わったことがあるんだよ、ここには。

エストラゴン　だが、もしやっこさんが来なかったら？

ヴラジーミル　（一瞬、理解に苦しむが）その時はまたその時だ。（間）それより、ここがきのうとは、変わったって言うんだよ。

エストラゴン　なんだってじくじく滲み出るものさ。

ヴラジーミル　ちょっとごらん、この木を。

エストラゴン　だから、同じ膿の中に二度と足をつっこむことはないってことさ。[7]
ヴラジーミル　木だよ、ちょっとごらんって言ってるんだ。

エストラゴン、木を眺める。

エストラゴン　きのうはなかったかな、そこに？
ヴラジーミル　いや、あったとも。思い出さないのかい。すんでのところで、首をつりかねなかったじゃないか。（考えて）うん、それでいいんだ。（ポツポツと）つ―り―か―ね―な―い。だが、おまえがいやだって言ったんだ。覚えてないのかい？
エストラゴン　おまえ、夢でもみたんだろう。
ヴラジーミル　驚いたね、もう忘れちまうなんて。
エストラゴン　おれはそうなんだ。すぐ忘れちまうか、けっして忘れないかだ。
ヴラジーミル　じゃあ、ポッツォとラッキーは？　あれも忘れたか？
エストラゴン　ポッツォとラッキー？
ヴラジーミル　これだ、すっかり忘れてる！
エストラゴン　そういえば、なんだか一人、気違いがいたな。おれを蹴とばしやがった。それからばかげたまねをしたようだ。
ヴラジーミル　それがラッキーさ。
エストラゴン　思い出した。しかし、いつだい、あれは？
ヴラジーミル　それから、もう一人、ラッキーを連れて歩いていたの、覚えてないかい？
エストラゴン　おれに骨をくれたのか。
ヴラジーミル　あれがポッツォさ。
エストラゴン　それが、みんなきのうのことだっていうのかい？
ヴラジーミル　だって、そうじゃないか。
エストラゴン　ここで？
ヴラジーミル　もちろんだよ！　見おぼえはないのか？
エストラゴン　（急に憤激して）見おぼえ？――見おぼえなんてあるわけがないじゃないか！――おれは砂漠[8]のまん中で、一生とぐろを巻いてきたんだ！　砂漠に景色の違いがあるかよ！（ぐるっと見回して）見てくれ、このきたない景色を！　おれはここから一度も動いたことがないんだぜ！
ヴラジーミル　まあまあ。
エストラゴン　だから景色の話はたくさんだ！　話すんなら、蛆虫《うじむし》のことかなんかにしてくれ！

ヴラジーミル　それでも、まさかここが（身ぶり）ル・ヴォクリューズ[9]に似ているって言うつもりじゃないだろう！　やっぱり、ずいぶん違うじゃないか。

エストラゴン　ル・ヴォクリューズ！　誰がル・ヴォクリューズの話をした？

ヴラジーミル　だって、おまえは確かにル・ヴォクリューズにいたんだろう？

エストラゴン　そんなことは絶対にない、ル・ヴォクリューズになんて！　おれは瘡《かさ》っかきみたいな一生を、ここでおくったんだよ！　ここで！　ラ・クソクリューズさ！

ヴラジーミル　しかし、ル・ヴォクリューズでは一緒だったじゃないか。こいつは絶対に間違いない。わたしたちは葡萄《ぶどう》摘みをした。ほら、ボネリーとかいう人の家で、ルシヨン[10]の。

エストラゴン　（やや静かに）そりゃそうかもしれん。だが、おれは、なんにも気がつかなかった。

ヴラジーミル　あの辺じゃ、なにもかも真赤《まつか》だ。

エストラゴン　（爆発して）なんにも気がつかなかったって言ったろう！

沈黙。ヴラジーミル、深いため息をつく。

ヴラジーミル　おまえと暮らすのはむずかしいな、ゴゴ。

エストラゴン　別れたほうがいいかもしれない。

ヴラジーミル　おまえは始終そう言う。そして、そのたびに、すぐまた帰って来るんだ。

沈黙。

エストラゴン　為を思ったら、おれを殺すよりしかたがない、そうだろ、ほかのやつ[11]と同じだ。
ヴラジーミル　ほかのって、どの？（間）え、どのだ？
エストラゴン　何十億のほかのやつらさ。
ヴラジーミル　（もったいぶって）人おのおの小さき十字架を背負いか。[12]（ため息）つつましく暮らして、だが、行きつく先は。
エストラゴン　まあ、それまで、興奮しないでしゃべることにしよう。黙ることはできないんだからな、おれたちは。
ヴラジーミル　ほんとだ、きりがないな、わたしたちは。
エストラゴン　それというのも、考えないためだ。
ヴラジーミル　いつも言いわけはあるわけだ。
エストラゴン　聞かないためだ。
ヴラジーミル　いつも道理はあるわけだ。

エストラゴン　あの死んだ声を[13]。

ヴラジーミル　あれは、羽ばたきの音だ。

エストラゴン　木の葉のそよぎだ。

ヴラジーミル　砂の音だ。

エストラゴン　木の葉のそよぎだ。

沈黙。

ヴラジーミル　それは、みんな一度に話す。

エストラゴン　みんな、かってに。

沈黙。

ヴラジーミル　どちらかというと、ひそひそと。

エストラゴン　ささやく。

ヴラジーミル　ざわめく。

エストラゴン　ささやく。

沈黙。

ヴラジーミル　何を言っているのかな、あの声たちは？
エストラゴン　自分の一生を話している。
ヴラジーミル　生きたというだけじゃ満足できない。
エストラゴン　生きたってことをしゃべらなければ。
ヴラジーミル　死んだだけじゃ足りない。
エストラゴン　ああ足りない。

沈黙。

ヴラジーミル　ちょうど、羽根の音のようだ。
エストラゴン　木の葉のようだ。
ヴラジーミル　灰のよう。

エストラゴン　木の葉のよう。

長い沈黙。

ヴラジーミル　なんか言ってくれ！
エストラゴン　いま捜す。

長い沈黙。

ヴラジーミル　（苦悩に満ちて）なんでもいいから言ってくれ！
エストラゴン　これから、どうする？
ヴラジーミル　ゴドーを待つのさ。
エストラゴン　ああそうか。

沈黙。

ヴラジーミル　なんてむずかしいんだ！
エストラゴン　おまえが歌を歌ったら？
ヴラジーミル　いやいや。（捜す）初めからやり直しゃいい。
エストラゴン　確かに、それなら簡単だ。
ヴラジーミル　だが、その出発点がまたむずかしい。
エストラゴン　なにからだってかまわないだろう、始めるのは。
ヴラジーミル　しかし、やっぱり決めなくっちゃならんからね、それを。
エストラゴン　ああそうか。

沈黙。

ヴラジーミル　手伝ってくれよ！
エストラゴン　捜してる。

沈黙。

ヴラジーミル　捜してると、耳ばかり働く。
エストラゴン　ほんとだ。
ヴラジーミル　それが、見つけるのにじゃまになる。
エストラゴン　そのとおり。
ヴラジーミル　考えるのにじゃまになる。
エストラゴン　それでも、やっぱり考える。
ヴラジーミル　いいや、そんなことはない、絶対に。
エストラゴン　そうだ、反対を言い合おう。
ヴラジーミル　絶対にない。
エストラゴン　そうかな?
ヴラジーミル　考える危険は、もうない。
エストラゴン　だったら、なにも不平を言うには当たらないだろう?
ヴラジーミル　考えるってのは、必ずしも最悪の事態じゃない。
エストラゴン　そうだろう、そりゃそうだろう、だが、とにかく、それだけのことはある。
ヴラジーミル　なんだって?　それだけのなにがあるんだよ?
エストラゴン　そうだ、お互いに質問し合おう。

ヴラジーミル　それだけのことはあるってのは、どういう意味だい？

エストラゴン　それだけは減ってるってことだ。[14]

ヴラジーミル　そりゃあ、もちろんさ。

エストラゴン　そこでどうだ？　おれたちは幸福だ、と、こう考えることにしたら？

ヴラジーミル　恐ろしいのは、もう考えてしまったということだ。

エストラゴン　だが、おれたちに、考えるなんてことがあったかな？

ヴラジーミル　じゃあ、いったい、どこから来たんだ、この死骸たちは？[15]

エストラゴン　この骸骨たちは。

ヴラジーミル　それだ。

エストラゴン　そりゃあ、そうだ。

ヴラジーミル　少しは考えてしまったんだな、やっぱり。

エストラゴン　いちばん最初にね。

ヴラジーミル　死体の山だ、死体の。

エストラゴン　見なきゃいい。

ヴラジーミル　つい目につくから。

エストラゴン　ああそうか。

ヴラジーミル　見まいとしてもな。
エストラゴン　えっ？
ヴラジーミル　見まいとしてもな。
エストラゴン　吾人《ごじん》はすべからく自然に帰るべきだ。[16]
ヴラジーミル　そりゃもうやってみた。
エストラゴン　ああそうか。
ヴラジーミル　なにも、それだって最悪の事態じゃないさ、もちろん。
エストラゴン　それって、何が？
ヴラジーミル　考えてしまったということだ。
エストラゴン　そうさ、もちろん。
ヴラジーミル　ただ、しなくてもすんだろうにということさ。
エストラゴン　だって、しかたがないだろう？
ヴラジーミル　わかってる、わかってる。

沈黙。

エストラゴン　小手だめしとしては悪くなかったぜ、いまのは。
ヴラジーミル　ああ、しかし、また、ほかのことを見つけなくちゃならない。
エストラゴン　そうだな、えーと。
ヴラジーミル　えーと。
エストラゴン　えーと。

二人は考えこむ。

ヴラジーミル　なんて言ってたのかな？　やり直せるかもしれない。
エストラゴン　いつだい？
ヴラジーミル　いちばん最初さ。
エストラゴン　なんの最初だよ。
ヴラジーミル　今晩の。わたしの言ってたのは……言ってたのはっと……
エストラゴン　そりゃむりだよ、おれに聞いたって。[17]
ヴラジーミル　まてまて……抱き合って……うれしいことになってと……なって……うれしくなったが、そこでどうしようと……待つんだ……えーと……いま思い出す……待つんだと……うれしくなったところで……待つ……えーと……ああ！　木だ！

ヴラジーミル　あれをごらん。
エストラゴン　くたびれたよ、もう。
ヴラジーミル　思い出さないかい？
エストラゴン　木？

エストラゴン、木を眺める。

エストラゴン　あれがどうした？
ヴラジーミル　だって、きのうはまっ黒で骸骨だったじゃないか！　きょうは葉におおわれてる。
エストラゴン　葉？
ヴラジーミル　たったひと晩だ。
エストラゴン　春だからだろ、きっと。
ヴラジーミル　しかし、ひと晩で！
エストラゴン　ゆうべは、おれたち、ここにいやしなかったって言ってるだろう。夢でも見たんだ。

ヴラジーミル　すると、ゆうべは、どこにいたんだ、おまえの意見では？
エストラゴン　知らない。別の所さ。どこかほかの世界さ。なにしろ、空間はあり余ってるからな。
ヴラジーミル　（自分の考えを信じきって）よし、じゃあ、ゆうべはここにいなかったと。だが、
　ゆうべは何をしたんだい、わたしたちは？
エストラゴン　何をした？
ヴラジーミル　思い出してみな。
エストラゴン　ふん、そうだな……しゃべったろうな、やっぱり。
ヴラジーミル　（自分を押えて）何を？
エストラゴン　そりゃあ……こう、とりとめもなくだろう……なんとなく。（確信をもって）そ
　うだよ、思い出した、ゆうべは、なんとなくしゃべったんだ。もう半世紀も前から、そいつ
　が続いてる。
ヴラジーミル　思い出さないのかい、何が起こったかも、どんな調子だったかも？
エストラゴン　（くたびれて）そう苦しめるなよ、ディディ。
ヴラジーミル　太陽のことも？　月のことも？　だめかい？
エストラゴン　太陽や月はあったろうさ、いつものように。
ヴラジーミル　いつもと違うことは、なんにも気がつかなかった？

エストラゴン　残念ながら。
ヴラジーミル　じゃあ、ポッツォは？　ラッキーは？
エストラゴン　ポッツォ？
ヴラジーミル　鶏の骨だ。
エストラゴン　ありゃあ、まるで魚の骨だったさ。
ヴラジーミル　あれをくれたのがポッツォじゃないか。
エストラゴン　そうかな。
ヴラジーミル　それから蹴とばされただろう。
エストラゴン　蹴とばされた？　ほんとだ、おれは蹴とばされたっけ。
ヴラジーミル　それがラッキーさ。
エストラゴン　しかし、あれがみんな、きのうのことかい？
ヴラジーミル　足を見せてごらん。
エストラゴン　どっちの？
ヴラジーミル　両方だ。ズボンを上げて。（エストラゴン、片足で立つと、一方の脛《すね》をヴラジーミルの方へ出すが、すぐ転びかかる。ヴラジーミル、脛をつかむ。エストラゴン、よろめく）ズボンを上げな。

エストラゴン　（よろめきながら）むりだよ。

ヴラジーミル、ズボンの裾をまくって、足を眺めるが、すぐ放す。エストラゴン、転びかける。

ヴラジーミル　そっちの足。（エストラゴン、同じ足を出す）そっちだったら！（もう一方の足で同じ動作）ほら傷が膿みかけてるじゃないか。

エストラゴン　だから、なんだい？

ヴラジーミル　おまえの靴はどこにある？

エストラゴン　捨てちまったな、たしか、

ヴラジーミル　いつ？

エストラゴン　知らない。

ヴラジーミル　なぜだ？

エストラゴン　忘れた。[18]

ヴラジーミル　いや、なぜ捨てたかってことさ？

エストラゴン　足が痛かったからだ。

ヴラジーミル　（靴を指さして）ほら、そこにある。（エストラゴン、靴を見る）ゆうべ、お前が置いた所とすんぶん違わない。

エストラゴン、靴に近づき、身をかがめて、つくづく調べる。

エストラゴン　これはおれのじゃない。
ヴラジーミル　おまえのじゃないって！
エストラゴン　おれのは黒かった。こいつは黄色いよ。
ヴラジーミル　確かに、おまえのは黒かったかい？
エストラゴン　いわば灰色だったさ。
ヴラジーミル　で、それは黄色かね？　見せてごらん。
エストラゴン　（靴を取り上げて）そりゃあ、まあ、ちょっと緑がかっている。
ヴラジーミル　（前へ出て）見せな。（エストラゴン、靴を渡す。ヴラジーミル、それを眺め、怒って投げ出す）こいつは、どうだ！
エストラゴン　わかったろう。こりゃあ、みんな……
ヴラジーミル　わかったとも、ああ、わかったさ、どうなったかは。

エストラゴン　こりゃあ、みんな……
ヴラジーミル　簡単だよ、子供だましだ。どこかのやつがやって来て、おまえのをはいて、自分のを残していったんだ。
エストラゴン　なぜだい？
ヴラジーミル　自分のが合わなかったから、おまえのにはき替えたんだ。
エストラゴン　しかし、おれのは小さすぎたぜ。
ヴラジーミル　そりゃあ、おまえにはそうさ。しかし、そいつにはよかったんだ。
エストラゴン　くたびれたよ、もう。(間) 行こう。
ヴラジーミル　だめだ。
エストラゴン　なぜさ？
ヴラジーミル　ゴドーを待つのさ。
エストラゴン　ああそうか。(間) じゃあ、どうしよう？
ヴラジーミル　どうしようもないさ。
エストラゴン　しかし、おれはもう、がまんできない。
ヴラジーミル　蕪《かぶ》はいらないかい？
エストラゴン　あるのはそれだけか？

ヴラジーミル　蕪に大根《だいこん》だ。
エストラゴン　人参《にんじん》は、もうないのかい？
ヴラジーミル　ない。だいいち、おまえ、むりだよ、そう人参、人参って。
エストラゴン　じゃあ、蕪をくれ。（ヴラジーミル、ポケットを探るが、大根しかみつからない。やっと一つ出てきた蕪をエストラゴンに渡す。エストラゴン、それを調べ、においをかいでから）黒いじゃないか！
ヴラジーミル　蕪だよ、しかし。
エストラゴン　おれが桃色のでなけりゃ嫌いだってことは、よく知ってるじゃないか！
ヴラジーミル　じゃあ、いらないんだね？
エストラゴン　桃色のでなけりゃいやだ。
ヴラジーミル　じゃあ、返してくれ。

エストラゴン、蕪を返す。

エストラゴン　おれは、人参を捜しにいく。

しかし、エストラゴンは、動かない。

ヴラジーミル　全く無意味になってきたな。
エストラゴン　いや、まだそれほどでもない。

沈黙。

ヴラジーミル　ひとつ、ためしてみたらどうだい？
エストラゴン　もう、なにもかもためしたよ。
ヴラジーミル　いや、その靴をさ。
エストラゴン　そうさね。
ヴラジーミル　暇つぶしにはなる。（エストラゴン、ためらう）間違いないよ。気散じになる。
エストラゴン　気晴らしか。
ヴラジーミル　気分転換。
エストラゴン　気晴らしか。
ヴラジーミル　やってごらん。

エストラゴン　手伝ってくれるかい？
ヴラジーミル　もちろん。
エストラゴン　なあ、ディディ、おれたちは二人で、けっこううまくやっていけるじゃないか？
ヴラジーミル　そうとも、そうとも。さあ、まず左足からいこう。
エストラゴン　いつもなにか見つけるからな、おれたちは、そうだろ、ディディ、存在感ってやつを感じられるようなことを。
ヴラジーミル　（待ちかねて）そうとも、そうとも、わたしたちは魔法使いだよ。だが、決めたことから脱線しちゃだめだ。（靴を片方拾い上げて）さあ、片っぽの足をよこしな。（エストラゴン、近づいて、片足を上げる）ばか！　そっちじゃない！（エストラゴン、もう一方の足を上げる）もっと高く！（からだがからみ合ったまま、二人は、よろめいて舞台を横切る。やっと、ヴラジーミルは、靴をはかせるのに成功する）歩いてごらん。（エストラゴン、歩く）どうだ？
エストラゴン　ぴったりだ。
ヴラジーミル　（ポケットから、紐を取り出し）紐をつけよう。
エストラゴン　（激烈に）いかん、いかん！　紐はいかん、紐は[19]！
ヴラジーミル　そんなことはないんだがな、じゃあ、今度はそっちだ。（同じ動作）どうだ？

エストラゴン　こいつも、ぴったりだ。
ヴラジーミル　痛くないかい？
エストラゴン　(力を入れて数歩あるき) うん、今のところ。
ヴラジーミル　じゃあ、もらっといたらいい。
エストラゴン　だが、大きすぎるな。
ヴラジーミル　いつか靴下が手にはいる日も来るだろうよ。
エストラゴン　それもそうだ。
ヴラジーミル　じゃあ、とっておくね？
エストラゴン　もうたくさんだよ、靴の話は。
ヴラジーミル　うん、しかし……
エストラゴン　たくさんだ！ (沈黙) おれは坐るよ、とにかく。

エストラゴンは、目で、坐る場所を物色し、第一幕の最初に坐っていた所へ行って坐る。

ヴラジーミル　ゆうべおまえが坐っていたのも、そこだ。

沈黙。

エストラゴン　せめて、眠れたらなあ。
ヴラジーミル　ゆうべは、眠ったぜ。
エストラゴン　やってみよう。

エストラゴンは、頭を両足のあいだにつっこんで、胎児のような格好[20]になる。

ヴラジーミル　まてまて。（エストラゴンに近づくと、大声で歌い始める）
　ねむれ　ねむれ
エストラゴン　（顔を上げて）大きすぎる。
ヴラジーミル　（やや小さく）
　ねむれ　ねむれ
　ねむれよ　ねむれ
　ねむれ　ねむれ
　ねむれよ……

エストラゴン、眠る。ヴラジーミルは、上着を脱いで、エストラゴンの肩にかけてやる。そして、からだを暖めるために、自分の背中を両手で叩きながら、舞台を縦横に歩きまわる。エストラゴン、不意に目を覚まし、立ち上がって、気違いのように二、三歩走る。ヴラジーミル、走り寄って、両腕にエストラゴンをかかえる。

ヴラジーミル　よしよし……わたしだよ……こわいことはない。
エストラゴン　ああ！
ヴラジーミル　よしよし……もうおしまいだ。
エストラゴン　落っこちたんだ。
ヴラジーミル　大丈夫だ。もう考えないで。
エストラゴン　おれは乗っていたんだ[21]……
ヴラジーミル　いいから、なにも言うな。さあ、少し歩こう。

ヴラジーミルは、エストラゴンの腕を取ると、歩き回らせる。やがて、エストラゴン、歩こうとしなくなる。

エストラゴン　もういい。くたびれた。
ヴラジーミル　なんにもしないで、そこで、ぼやっと立ってるほうがいいのかい？
エストラゴン　ああ。
ヴラジーミル　じゃあ、いいようにしな。

ヴラジーミルは、エストラゴンを放して、上着を取りに行き、それを着る。

エストラゴン　もう行こう。
ヴラジーミル　だめだよ。
エストラゴン　なぜさ？
ヴラジーミル　ゴドーを待つんだ。
エストラゴン　ああそうか。（ヴラジーミル、また、行ったり来たりを始める）じっとしていられないのかい、おまえは。
ヴラジーミル　寒いんだ。
エストラゴン　早すぎたね、来るのが。

ヴラジーミル　いつも日の落ちる頃なんだが。
エストラゴン　ところが日は落ちない。
ヴラジーミル　一度に落ちるんだ、ゆうべのように。
エストラゴン　そして、夜になる。
ヴラジーミル　そして、わたしたちはここを離れられる。
エストラゴン　そして、また朝が来る。(間) どうしたら、どうしたらいいんだ?
ヴラジーミル　(立ち止まって、乱暴に) いいかげんにしろよ、愚痴は! うんざりするよ、おまえの泣き言には。
エストラゴン　おれは、もう行く。
ヴラジーミル　(ラッキーの帽子を見つけて) おや!
エストラゴン　じゃあ、さよなら。
ヴラジーミル　ラッキーの帽子か! (近づいて) もう一時間も前からここにいたのに、ちっとも気がつかなかった! (すっかり満足して) なんてことだ!
エストラゴン　もう会わないよ。
ヴラジーミル　やっぱり、場所を間違ったんじゃない。これで安心だ。(ラッキーの帽子を拾うと、つくづく眺め、形を直して) こりゃあ、なかなかいい帽子らしい。(自分の帽子を脱いで、ラッキーの帽子をかぶり、自分のをエストラゴンに差し出す）ほら！

エストラゴン　えっ？

ヴラジーミル　ちょっと、これ、持ってな。

エストラゴンは、ヴラジーミルの帽子を受け取る。[22] ヴラジーミルは、両手でラッキーの帽子を合わせる。エストラゴンは、自分の帽子の代わりに、ヴラジーミルの帽子をかぶり、自分のをヴラジーミルに差し出す。ヴラジーミルは、それを受け取る。エストラゴンは、両手でヴラジーミルの帽子を合わせる。ヴラジーミルは、ラッキーの帽子の代わりにエストラゴンのをかぶり、ラッキーのをエストラゴンに差し出す。エストラゴン、ラッキーの帽子を受け取る。ヴラジーミル、両手でエストラゴンの帽子を合わせる。エストラゴン、ヴラジーミルの帽子の代わりにラッキーのをかぶり、ヴラジーミルのをヴラジーミルに差し出す。ヴラジーミル、自分の帽子を受け取る。エストラゴン、両手でラッキーの帽子を合わせる。ヴラジーミル、エストラゴンの帽子の代わりに自分のをかぶり、エストラゴンのをエストラゴンに差し出す。エストラゴン、自分の帽子を受け取る。ヴラジーミル、両手で自分の帽子を合わせる。エストラゴン、ラッキーの帽子の代わりに自分のをかぶり、ラッキーのをヴラジーミルに差し出す。ヴラジーミル、ラッキーの帽子を受け取る。エストラゴン、両手で自分の帽子を合わせる。ヴラジーミル、自分の帽子の代わりにラッキーのをかぶり、自分のをエストラゴンに差し出す。エストラゴン、ヴラジーミルの帽子を受け取る。ヴラジーミル、両手でラッキーの帽子を合わせる。エストラゴン、ヴラジーミルの帽子をヴラジーミルに差し出し、ヴラジーミル、それを受け取ってすぐエストラゴンに差し出し、エストラゴン、それを受け取ってすぐヴラジーミルに差し出し、ヴラジーミル、それを受け取って投げ捨てる。この動作は、すべて、速く、生き生きと。

ヴラジーミル　合うかな？

エストラゴン　おれにはわからん。

ヴラジーミル　そりゃそうだ、しかしどう見える？

　頭を右に左にしゃれて動かし、マネキンのような格好をする。

エストラゴン　見られたもんじゃない。

ヴラジーミル　いつもよりはましだろ？

エストラゴン　おんなじだ。
ヴラジーミル　じゃあ、これにしとこう。わたしのは、うまく合わなかった。（間）なんというか、こう？（間）こそばゆくてね。
エストラゴン　おれは行く。
ヴラジーミル　遊ぶ気はないのかい？
エストラゴン　遊ぶって、何をして？
ヴラジーミル　ポッツォとラッキーごっこならできるよ。
エストラゴン　知らんね。
ヴラジーミル　わたしがラッキーをやる。おまえはポッツォだ。（荷物の重味でからだを二つに折っているラッキーのまねをする。エストラゴンは、びっくりしてヴラジーミルを眺める）さあ、やれよ。
エストラゴン　どうしたらいいんだ？
ヴラジーミル　わたしをどなりつける。
エストラゴン　ばかやろう！
ヴラジーミル　もっと強く。
エストラゴン　ならずもの！　ろくでなし[23]！

ヴラジーミル、からだを折ったまま、前へ出たり、さがったり、する。

ヴラジーミル　考えろって言ってごらん。

エストラゴン　なんだって？

ヴラジーミル　言うんだ、考えろ、豚！

エストラゴン　考えろ、豚！

沈黙。

ヴラジーミル　だめだ、できない。

エストラゴン　たくさんだ！

ヴラジーミル　踊れって言ってくれ。

エストラゴン　おれは行く。

ヴラジーミル　踊れ、豚！（その場で、からだをひねる。エストラゴン、あわただしく去る）だめだ、これも。（顔を上げて、エストラゴンのいないのに気がつくと、裂くような叫び声を上げる）

ゴゴ！（沈黙。ほとんど走るように、舞台を右往左往し始める。エストラゴン、息をきらし、あわただしく戻って来ると、ヴラジーミルに走り寄る。数歩あいだを置いて、二人は立ち止まる）帰ったな、やっと！

エストラゴン　（あえぎながら）おれは呪われてるんだ！

ヴラジーミル　どこへ行ってたんだ？　もう帰って来ないと思った。

エストラゴン　坂の上までだ。やって来る。

ヴラジーミル　誰が？

エストラゴン　わからない。

ヴラジーミル　何人《なんにん》？

エストラゴン　わからない。

ヴラジーミル　（勝ち誇ったように）ゴドーだ！　とうとうやって来た！（感動のあまり、エストラゴンを抱擁して）ゴゴ、ゴドーだよ！　わたしたちは助かった！　さあ、迎えに行こう！　さあ！（エストラゴンを舞台袖の方へ引っ張る。エストラゴン、さからって、身をとき放つと、反対側の袖へ走り去る）ゴゴ！　来いよ！（沈黙。ヴラジーミルは、エストラゴンがたったいま戻って来たほうの袖へ走り、遠くを眺める。エストラゴン、あわただしく戻って来て、ヴラジーミルの方へ走り寄る。ヴラジーミル、振り返って）また帰って来たな！

エストラゴン　おれは地獄行きだ！

ヴラジーミル　遠くまで行ったのかい？

エストラゴン　坂の上まで。

ヴラジーミル　なるほど、わたしたちのいる所は台地[24]だからな。舞台という台地にのせられてるに違いない。

エストラゴン　向こうからもやって来る。

ヴラジーミル　包囲されたんだ！（気も転倒して、エストラゴンは、舞台奥のホリゾント幕の方へ走り込み、幕にからまって、転ぶ）ばか！　そっちに出口はないよ。（ヴラジーミル、エストラゴンを起こしてやり、舞台前面の方へ来ながら、客席の方を指さして）こっちなら誰もいない。あっちへ逃げな。さあ。（エストラゴンをオーケストラ・ボックスの方へ押しやる。エストラゴン、驚いて、ひきさがる）いやかい？　ああそうか、なるほどね。じゃあと。（考える）あとは隠れて見えなくなるしか手はない。

エストラゴン　どこに？

ヴラジーミル　木の後ろだ。（エストラゴン、ためらう）急いで！　木の後ろへ！（エストラゴン、走って、木の裏へ行くが、木は小さすぎて隠れられない）動いちゃいけないぞ！（エストラゴン、木の後ろから出て来てしまう）そういうわけだな、この木ときたら、なんの役にも立たない。（エストラゴンに）気でも違ったのかい？

エストラゴン　（静かになって）度を失ったんだ。（恥ずかしそうに頭をたれ）ごめんよ！（きっと顔をあげて）もう過ぎた！　さあ、今度は見ててくれ、なんでもやってみせる。

ヴラジーミル　やることなんか、なんにもない。

エストラゴン　おまえは、そこに立つ。（ヴラジーミルを下手袖に引っ張って行き、舞台に背を向け、道の中心線上に立たせる）そう、そこで、もう動いちゃいけない。そのまま目をあけて。（自分は、上手の袖へ走る。ヴラジーミル、それを肩越しに眺める。エストラゴン、立ち止まり、遠くを眺め、顔を回す。二人とも、肩越しに相手を見る）背中と背中を向け合って、まるで昔と同じだ！（二人は、なおちょっと顔を見合わせているが、やがて監視を始める。長い沈黙）なにか来る様子はないかい？

ヴラジーミル　（振り返り）なんだって？

エストラゴン　（強く）なにか来る様子はないかよー？

ヴラジーミル　ないぞー。

エストラゴン　こっちもなーい。

二人は、また監視を始める。長い沈黙。

ヴラジーミル　おまえの勘違いだったんだな。
エストラゴン　（振り返り）なんだって？
ヴラジーミル　（強く）おまえの勘違いだったんだー。
エストラゴン　わめくなよ。

二人は、また監視を始める。長い沈黙。

ヴラジーミル
エストラゴン　｝（同時に振り返り）あれは……
ヴラジーミル　いや失敬！
エストラゴン　さあどうぞ。
ヴラジーミル　いや、おさきに！
エストラゴン　どうぞ、おさきに！
ヴラジーミル　なにかおっしゃろうとしていた。

エストラゴン　そちらこそ。

二人とも、怒ってにらみ合う。

ヴラジーミル　おい、つまらない遠慮はよせよ。
エストラゴン　そう意地を張るなよ、おい。
ヴラジーミル　（強く）話の続きを言えったら。
エストラゴン　（同様に）自分のほうこそ、言ったらいい。

沈黙。二人は、互いに近寄り、立ち止まる。

ヴラジーミル　へそ曲がり！
エストラゴン　そうだ、どなり合おう。（悪口雑言を叫び合う。沈黙[25]）今度は仲直りをしよう。
ヴラジーミル　ゴゴ！
エストラゴン　ディディ！
ヴラジーミル　握手だ！

エストラゴン　よし！
ヴラジーミル　さあ、わたしの腕の中へ！
エストラゴン　おまえの腕？
ヴラジーミル　（腕を開いて）ここだ！
エストラゴン　よし行くぞ！

二人、抱き合う。沈黙。

ヴラジーミル　遊んでると、時間はたつもんだ！

沈黙。

エストラゴン　何をしようか、今度は？
ヴラジーミル　待ちながらか。
エストラゴン　ああ、待ちながら。

沈黙。

ヴラジーミル　少し体操をしたら？
エストラゴン　運動をね。
ヴラジーミル　跳躍運動だ。
エストラゴン　柔軟体操だ。
ヴラジーミル　回転運動だ。
エストラゴン　柔軟体操だ。
ヴラジーミル　からだが暖まる。
エストラゴン　気持ちが落ち着く。
ヴラジーミル　とりかかろう。

ヴラジーミル、跳び始める。エストラゴン、それをまねる。

エストラゴン　（やめて）もういい。くたびれた。
ヴラジーミル　（やめて）調子が出ないな。せめて深呼吸を少ししようよ。

エストラゴン　呼吸は、もうしたくない。
ヴラジーミル　それもそうだ。(休憩) じゃあ、木のまねをしよう、平衡のためだ。[26]
エストラゴン　木？

ヴラジーミル、よろめきながら、木のまねをして片足で立ち、両手をひろげる。

ヴラジーミル　(やめて) さ、おまえだ、今度は。

エストラゴンも、よろめきながら、木のまねをする。

エストラゴン　神様はおれを見てると思うかい？
ヴラジーミル　目をつぶらなくちゃだめだ。

エストラゴン、目をつぶり、さらに激しくよろめく。

エストラゴン　(やめて、両のこぶしを振り回し、大声で) 神様、わたしをおあわれみください！

ヴラジーミル　（気を悪くして）わたしはどうなるんだ？

エストラゴン　（同様に）わたしです！　わたしです！　おあわれみください！　わたしを！

ポッツォとラッキーが出てくる。[27] ポッツォは盲になっている。ラッキーは、第一幕同様、荷物を持っている。綱も、第一幕と同様だが、ずっと短く、ポッツォが容易について行けるようになっている。ラッキーは、別の帽子をかぶっている。ヴラジーミルとエストラゴンを見て、ラッキーは立ち止まる。歩きつづけたポッツォは、ラッキーにぶつかる。ヴラジーミルとエストラゴン、あとずさりする。

ポッツォ　（ラッキーにしがみつき、ラッキーは、この新しい重荷によろめく）どうしたんだ？　誰だ、叫んだのは？

ラッキー、すべてを放り出して、倒れる。ポッツォも、それにひきずられて転がる。二人とも、荷物のまん中に横になり、動かなくなる。

エストラゴン　ゴドーかい？

ヴラジーミル　こいつはうまいところへやって来た。（倒れた二人の方へ近づく。エストラゴン、従う）やっと、援軍だ！
ポッツォ　（恐怖にふるえた声で）助けてくれ！
エストラゴン　ゴドーかい？
ヴラジーミル　すっかりへこたれかけていたところだが、これで、今晩のお楽しみは間違いない。
ポッツォ　こっちだー！
エストラゴン　助けを呼んでる。
ヴラジーミル　もう、わたしたちだけじゃない、夜を待つのも、ゴドーを待つのも、それから――とにかく、待つのにだ。さっきからずっと、わたしたちは、自分たちだけで全力をつくして戦ってきた。だが、それは終わった。もうこれで、あしたになったも同然だ。
エストラゴン　しかし、あの二人はただ通り過ぎるだけだろう。
ポッツォ　こっちだー！
ヴラジーミル　すでに、時間の流れがまるでちがう。太陽は沈み、すぐ月が出る。そして、わたしたちは立ち去れる――ここから。
エストラゴン　だって、ただ通り過ぎるだけだぜ。
ヴラジーミル　それでじゅうぶんなのさ。

ポッツォ　助けてくれ！
ヴラジーミル　あわれなポッツォ！
エストラゴン　おれもあいつだろうと思ってた。
ヴラジーミル　誰が？
エストラゴン　ゴドーさ。
ヴラジーミル　違う違う、ゴドーじゃない。
エストラゴン　ゴドーじゃない？
ヴラジーミル　ゴドーじゃないよ。
エストラゴン　じゃあ、誰だい、あれは？
ヴラジーミル　ポッツォさ。
ポッツォ　わしだ！　わしだ！　起こしてくれ！
ヴラジーミル　起きられないらしい。
エストラゴン　もう行こう。
ヴラジーミル　だめだよ。
エストラゴン　なぜさ？
ヴラジーミル　ゴドーを待つんだ。

エストラゴン　ああそうか。
ヴラジーミル　まだ持ってるかもしれないよ、おまえにくれる骨を。
エストラゴン　骨？
ヴラジーミル　鶏のさ。思い出さないかい？
エストラゴン　あれは、あの人か？
ヴラジーミル　ああ。
エストラゴン　聞いてみてくれ。
ヴラジーミル　まず、手伝ってやったらどうだろう？
エストラゴン　手伝うって、何を？
ヴラジーミル　起きるのを。
エストラゴン　自分で起きられないのかい？
ヴラジーミル　起きたがってはいるんだが。
エストラゴン　じゃあ、起きたらいい。
ヴラジーミル　それができない。
エストラゴン　どうかしてるのかい？
ヴラジーミル　それはわからない。

ポッツォ、身をくねらし、うめき、地面をこぶしで叩く。

エストラゴン　まず、骨をくれって言ったほうがいい。断わったら、あのままにしとこう。

ヴラジーミル　ポッツォはわたしたちの思いのままってわけか？

エストラゴン　ああ。

ヴラジーミル　したがって、われわれの骨折りに対して条件をつけるべきだと？

エストラゴン　そのとおり。

ヴラジーミル　確かにそいつは名案らしい。しかし、心配なことが一つある。

エストラゴン　なんだい？

ヴラジーミル　ラッキーが突然動きだすってことだ。そうしたら、こっちはお手あげだ。

エストラゴン　ラッキー？

ヴラジーミル　きのうおまえをやっつけたのは、あれさ。

エストラゴン　だって、やつらは十人だったって言ったろう。

ヴラジーミル　そうじゃない、その前だ、おまえを蹴とばしたのさ。

エストラゴン　そいつがいるのかい？

ヴラジーミル　まあ、ごらん。（身ぶり）今のところ、ごく静かだ。しかし、いつ何時《なんどき》あばれだすかしれない。
エストラゴン　ひとつ、二人でこらしめてやったらどうだ？
ヴラジーミル　眠っているあいだに飛びかかろうってわけかい？
エストラゴン　ああ。
ヴラジーミル　いい考えだ。しかし、はたして、それがわたしたちにできるか？　はたして、ラッキーはほんとに眠っているだろうか？（間）いや、いちばんいいのは、やはり、ポッツォが助けを呼んでいるのを利用して救い上げ、その報酬をねらうことだ。
エストラゴン　しかし、もう呼んじゃいない。
ヴラジーミル　そりゃあ、希望を失ったからさ。
エストラゴン　そうかもしれない。しかし……
ヴラジーミル　むだな議論で時間を費やすべきじゃない。（間。激烈に）なんとかすべきだ。機会をのがさず！　誰かがわたしたちを必要とするのは毎日ってわけじゃないんだ。実のところ、今だって、正確にいえば、わたしたちが必要なんじゃない。ほかの人間だって、この仕事はやってのけるに違いない。わたしたちよりうまいかどうか、そりゃ別としてもだ。われわれの聞いた呼び声は、むしろ、人類全体に向けられているわけだ。ただ、今日ただいま、この場では、人類はすなわちわれわれ二人だ、これは、われわれが好むと好まざるとにかかわらない。この立場は、手おくれにならないうちに利用すべきだ。運悪く人類に生まれついたからには、せめて一度ぐらいはりっぱにこの生物を代表すべきだ。どうだね?

エストラゴン　聞いてなかった。

ヴラジーミル　確かに、事の賛否を、両腕をこまぬいてゆっくりと考えることも、同じく人間の条件を尊ぶことではある。これが虎《とら》かなんかなら、少しの反省もなく仲間の救援に駆けつけるだろう。でなければ、ただちに草むらの奥に逃げこむ。だが、問題はそこにはない。われわれが現在ここで何をなすべきか、考えねばならないのは、それだ。だが、さいわいなことに、われわれはそれを知っている。そうだ、この広大なる混沌の中で明らかなことはただ一つ、すなわち、われわれはゴドーの来るのを待っているということだ。

エストラゴン　そりゃそうだ。

ヴラジーミル　でなければ、夜になるのを。(間) われわれは待ち合わせをしている。それだけだ。われわれは別に聖人でもなんでもない、しかし、待ち合わせの約束は守っているんだ。いったい、そう言いきれる人がどれくらいいるだろうか?

エストラゴン　数かぎりないね。

ヴラジーミル　そうかな?

エストラゴン　よくはわからないけどな。
ヴラジーミル　そうかもしれない。
ポッツォ　助けてくれ！
ヴラジーミル　いずれにしろ、確かなことは、こうした状態では、時間のたつのがまことに長く、したがって、われわれは暇をつぶすのに、なんといったらいいか、一見合理的に見えるがすでに習慣となっている挙動を行なわざるを得ない。それは、われわれの理性が沈没するのを妨げるためだというかもしれない。それはたしかにいうまでもない。しかし、すでに久しく理性は、大海原《おおうなばら》の底深く、永劫《えいごう》の闇のうちをさまよっているのではなかろうか。わたしが、ときに考えるのは、そこだ。わたしの推論が、わかるかい？
エストラゴン　うん、人はみな生まれたときは気違いよ。そのまま変わらぬばかもある。
ポッツォ　助けてくれ！　お金をあげるから！
エストラゴン　いくら？
ポッツォ　百フラン。
エストラゴン　安すぎる。
ヴラジーミル　おいおい、そりゃちょっとひどい。
エストラゴン　じゃあ、安くないっていうのかい？

ヴラジーミル　いや、そうじゃない。このわたしがこの世にやって来たときすでに頭が狂っていたと断言するのは、ちょっとひどいってことだ。だが、問題はそこにはない。

ポッツォ　二百フラン。

ヴラジーミル　われわれは待っている。われわれは退屈している。（片手をあげ）いや、反対するんじゃない、われわれは明らかに退屈しきっている。これは議論の余地がない。よろしい、そこへ気晴らしの材料があらわれる。それだのに、われわれは何をしているか？　いたずらにそれを腐るにまかせている。これじゃいかん。さあ、仕事だ。（ポッツォの方に進み、立ち止まって）まもなく、すべては消え去り、われわれは再び孤独[28]のまん中にとり残されるだろう。（夢みる）

ポッツォ　二百フラン！

ヴラジーミル　いま行く。

ヴラジーミル、ポッツォを起こそうとするが、うまくゆかない。再び努力するが、荷物につまずき、転ぶ。起きようとするが、起きられない。

エストラゴン　みんな、どうしたんだ？

ヴラジーミル　助けてくれ！
エストラゴン　もう行こうっと。
ヴラジーミル　わたしをほうって行くのかい！　二人に殺されちまう！
ポッツォ　ここはどこだ？
ヴラジーミル　ゴゴ！
ポッツォ　こっちだ！
ヴラジーミル　助けてくれ！
エストラゴン　行くよ、おれはもう。
ヴラジーミル　その前に、頼む。それから、二人で行こう。
エストラゴン　約束するかい？
ヴラジーミル　誓うよ。
エストラゴン　それで、もう二度とここへは帰らない。
ヴラジーミル　ああ、二度と。
エストラゴン　アリエージュ[29]へ行こう。
ヴラジーミル　どこでも、おまえの好きな所へ。
ポッツォ　三百フラン！　四百フラン！

エストラゴン　前から、アリエージュのあたりをぶらつきたかったんだ。
ヴラジーミル　ぶらつかせるよ。
エストラゴン　誰だ、おならをしたのは？
ヴラジーミル　ポッツォだ。
ポッツォ　わしだ！　わしだ！　助けてくれ！
エストラゴン　いやなやつだ。
ヴラジーミル　早く！　早く！　手をかしてくれ。
エストラゴン　おれは行く。（間。強く）おれは行くよ。
ヴラジーミル　いいよ、わたしだって別にひとりで起き上がれないわけじゃないさ。（起きようとするが、再び倒れる）いつかはね。
エストラゴン　どうした？
ヴラジーミル　行っちまえ、さっさと。
エストラゴン　おまえは、そこにいるのかい？
ヴラジーミル　ああ、今のところ。
エストラゴン　起きろよ、ええ、風邪《かぜ》をひくぜ。
ヴラジーミル　おせっかいはたくさんだ。

エストラゴン　おいおい、ディディ、そう頑固なこと言うなよ。(ヴラジーミルの方へ手を差し出す。ヴラジーミル、急いでそれをつかむ) それ、起きろ!

ヴラジーミル　引っ張ってくれ!

エストラゴン、引っ張るが、たちまち、よろめき、転んでしまう。[30] 長い沈黙。

ポッツォ　こっちだ!

ヴラジーミル　来てますよ、ここに。

ポッツォ　あんたがた、誰だね?

ヴラジーミル　人間ですよ。

沈黙。

エストラゴン　いい気持ちだ、地面は![31]

ヴラジーミル　起きられるかい?

エストラゴン　どうかな。

ヴラジーミル　やってごらん。
エストラゴン　あとだ、あとだ。

沈黙。

ポッツォ　どうなったんだね？
ヴラジーミル　（強く）黙らんかい、いいかげんに！　なんてやつだ、全く！　自分のことしか考えん。
エストラゴン　眠ることにしないか？
ヴラジーミル　聞いたかい？　どうなったか知りたいんだとよ！
エストラゴン　ほっとけ、ほっとけ。寝よう。

沈黙。

ポッツォ　助けてくれ！　助けて！
エストラゴン　（ピクッとして）なんだ！　どうしたんだ？

ヴラジーミル　眠ってたのかい？
エストラゴン　そうらしい。
ヴラジーミル　またあの、ポッツォのやつさ。
エストラゴン　黙らしちまえよ。横っつらを張ってやりゃいい。
ヴラジーミル　（二つ三つポッツォをやっつけながら）やめないか！　黙れったら、このかないぶんぶん！（ポッツォ、苦悩の叫びを上げながら身をかわして、這いながら離れて行く。ときどき、止まって、ラッキーを呼びながら、盲の手つきで空《くう》を切る。ヴラジーミル、頬づえをついて、それを目で追う）逃げた、逃げた！（ポッツォ、くずれる。沈黙）倒れちまった！
エストラゴン　おや、じゃあ、あいつ、起きてたのか？
ヴラジーミル　いいや。
エストラゴン　だって、倒れたって言ったじゃないか。
ヴラジーミル　膝で這ってたのさ。（沈黙）少しひどすぎたかな。
エストラゴン　こんなことって、おれたちには、あんまりないことだな。
ヴラジーミル　あいつは助けを求めた。わたしたちは知らん顔をしていた。そこでしつっこく叫んだ。それで、あいつをなぐった。

エストラゴン　そうだな。
ヴラジーミル　もう動かない。死んでしまったのかもしれない。
エストラゴン　しかし、あいつを助けようとしたからこそ、おれたちはこの泥んこに落ち込んでるんだぜ。
ヴラジーミル　それもそうだ。
エストラゴン　おまえ、強く叩きすぎたんじゃないか？
ヴラジーミル　二、三発、かなりいい当たりをきかせた。
エストラゴン　やめときゃよかったのに。
ヴラジーミル　やれって言ったのは、おまえじゃないか。
エストラゴン　ああそうか。（間）ところで、どうしよう？
ヴラジーミル　あいつのところまで這って行けたらな。
エストラゴン　おい、離れないでくれ！
ヴラジーミル　じゃあ、呼ぶのはどうだ？
エストラゴン　それそれ、呼んでごらん。
ヴラジーミル　ポッツォ！（間）ポッツォ！（間）返事しないな。
エストラゴン　いっしょに呼ぼう。

ヴラジーミル
エストラゴン}ポッツォ！　ポッツォ！
ヴラジーミル　動いた。
エストラゴン　あいつの名は確かにポッツォかい？
ヴラジーミル　（心配になって）ポッツォさん！　こっちへおいで！　もういじめない！

沈黙。

エストラゴン　ほかの名でためしてみたらどうかな？
ヴラジーミル　まさか、ほんとにまいっちまってるんじゃないだろうな。
エストラゴン　愉快じゃないか。
ヴラジーミル　何が？
エストラゴン　ほかの名をかたっぱしからためすのさ。暇つぶしになる。きっといつかはほんとのにぶつかる。
ヴラジーミル　しかしポッツォだよ、あいつは。
エストラゴン　だかどうだか、それがわかる。ええと。（考えて）アベル[32]！　アベル！

ポッツォ　ここだー！

エストラゴン　ほら、一発だ！

ヴラジーミル　そろそろうんざりしてきたな、この話。

エストラゴン　もう一人のほうはカインかもしれない。（呼ぶ）カイン！　カイン！

ポッツォ　ここだー！

エストラゴン　こいつ一人で全人類やってる。（沈黙）ごらん、あの小さい雲[33]。

ヴラジーミル　（目を上げ）どこに？

エストラゴン　あすこだ、空のまん中。

ヴラジーミル　ああ、それで？（間）なにかふしぎなことでもあるのかい？

沈黙。

エストラゴン　なにかほかのことに移ろうか、どうだ？

ヴラジーミル　いま、こっちから、そう言おうと思ってたところだ。

エストラゴン　しかし、何に？

ヴラジーミル　そう、それだよ！

沈黙。

エストラゴン　とにかく、起きることにしたら。

ヴラジーミル　やってみるか。

二人、起き上がる。

エストラゴン　思ったほど、むずかしかない。

ヴラジーミル　要するに意志の問題さ。

エストラゴン　さて、そこで？

ポッツォ　助けてくれ！

エストラゴン　もう行こう。

ヴラジーミル　だめだよ。

エストラゴン　なぜさ？

ヴラジーミル　ゴドーを待つんだ。

エストラゴン　ああそうか。(間) どうしよう?
ポッツォ　助けてくれ!
ヴラジーミル　あいつを助けてやったら?
エストラゴン　どうやってさ?
ヴラジーミル　起きたいんだから。
エストラゴン　どうなんだい?
ヴラジーミル　起きるのを手伝ってもらいたいのさ。
エストラゴン　そうか、じゃあ、手伝おうよ。なにも考えることはないや。

二人は、ポッツォが起き上がるのを助ける。二人が離れると、ポッツォは、また倒れる。

ヴラジーミル　支えてないとだめだ。(再び起こす。ポッツォ、二人の首につかまって、あいだに立つ) 立っている姿勢に馴《な》らさなきゃいかん。(ポッツォに) ちっとは、よいかね?
ポッツォ　あんたがた、誰だね?
ヴラジーミル　わからないんですか?
ポッツォ　わしは盲だからね。

沈黙。

エストラゴン　その代わり未来が見通しかもしれないよ![34]

ヴラジーミル　(ポッツォに)いつから?

ポッツォ　以前は、いい目をしていたんだが――あんたがた、友達かね?

エストラゴン　(けたたましく笑って)おれたちが友達同士かどうか聞いてるよ!

ヴラジーミル　違う違う、この人の友達かってことだ。

エストラゴン　ふん、そりゃどうかな?

ヴラジーミル　おれたちはこの人を助けた、こりゃあ、証拠になる。

エストラゴン　それそれ!　友達でもないものを助けるはずはないや。

ヴラジーミル　たぶんね。

エストラゴン　きまりきってる。

ヴラジーミル　この点についちゃ詭弁《きべん》は無用だ。

ポッツォ　強盗じゃないかね?

エストラゴン　強盗!　いったい、おれたちが強盗に見えるかよ?

ヴラジーミル　おいおい、相手は盲だぜ。
エストラゴン　しまった！　そうだった。（間）こいつの言うとおりならだが。
ポッツォ　わしから離れんでくれ。
ヴラジーミル　もちろんですよ。
エストラゴン　少なくとも今のところは。
ポッツォ　何時《なんじ》かね？
エストラゴン　（空を眺め）そうだな……
ヴラジーミル　七時か？……八時？……
エストラゴン　季節によりますからね。
ポッツォ　夕方なんだね？

沈黙。ヴラジーミルとエストラゴン、夕日を見つめる。

エストラゴン　まるで、のぼってるようだ。
ヴラジーミル　そんなはずはないよ。
エストラゴン　まさか、夜明けじゃ？

ヴラジーミル　ばかいえ、あっちは西だよ。
エストラゴン　どうだかわかるもんか。
ポッツォ　（苦しげに）夕方なのかね、ほんとうに？
ヴラジーミル　だいいち、動いちゃいない。
エストラゴン　のぼってるったら。
ポッツォ　なぜ、返事をしてくれん？
エストラゴン　そりゃあ、あんたにでたらめを言いたくないからですよ。
ヴラジーミル　いや、夕方だ、たしかに夕方になった。[35] わたしの友達はそれを疑わせようとした。正直のところ、わたしもそれで少々考えた。しかし、わたしはなにもべんべんとこの長い一日を暮らしてきたわけじゃない。したがって、はっきりと申しあげることができる。きょうという日は、そのレパートリーをほとんど出しつくしたところともいうべきだ。（間）それはそれとして、どうです、気分は？
エストラゴン　いつまでこいつをかついでいたらいいんだい？（少し放してみるが、ポッツォがまた倒れそうなのを見て、二人とも、またかかえる）おれたちは柱の彫刻じゃないんだぜ。
ヴラジーミル　あんた、さっき、以前にはいい目をしていたって、言いませんでしたか。

ポッツォ　ああ、すばらしい目だった。

沈黙。

エストラゴン　（いらいらして）続けて！　続けて！
ヴラジーミル　静かにしといてやれ。昔の幸福を思い出してるところなのが、わからないのかい。（間）メモーリア・プラエテリトールム・ボノールム[36]だ。——たまらんだろう、きっと。
ポッツォ[37]　ああ、すばらしかった。
ヴラジーミル　そして、突然こんなことに？
ポッツォ　すばらしかった。
ヴラジーミル　突然こんなことになったのかって、聞いてるんですよ。
ポッツォ　ある日、目が覚めたら盲だった、まるで運命の神のように。（間）ときどき、まだ眠ってるんじゃないかとも思う。
ヴラジーミル　いつです、それは？
ポッツォ　知らんね。
ヴラジーミル　しかし、きのうより前ってことは……

ポッツォ　聞かんでくれ。盲に時間の観念はないんだ。（間）盲には、時間的なこともいっさい見えないのさ。
ヴラジーミル　へえ！　わたしはまた、逆かと思った。
エストラゴン　おれはもう行く。
ポッツォ　ここは、どこかね？
ヴラジーミル　わかりませんね。
ポッツォ　ラ・プランシュ[38]ってとこじゃないかね？
ヴラジーミル　知りませんね、どうだか。
ポッツォ　なんに似てるかね、まず？
ヴラジーミル　（ぐるっと見回して）言い表わしようがない。なんにも似ちゃいませんよ。なんにもないんだから。ただ、木が一本。
ポッツォ　じゃあ、ラ・プランシュじゃない。
エストラゴン　（腰を曲げて）これが気晴らしかい。
ポッツォ　わしの召使いは、どこだね？
ヴラジーミル　いますよ、あすこに。
ポッツォ　わしが呼んでるのに、なぜ返事をせんのかな？

ヴラジーミル　さあね。眠ってるようですよ。死んでるのかもしれない。
ポッツォ　はっきりいって、何が起こったわけかね？
エストラゴン　はっきりだとさ！
ヴラジーミル　あんたがた、二人とも転んだんですよ。
ポッツォ　けがしてないか、見てやってくれんか。
ヴラジーミル　しかし、あんたから離れるわけにはいかないでしょう。
ポッツォ　いや、二人とも、行く必要はない。
ヴラジーミル　（エストラゴンに）おまえ、行けよ。
ポッツォ　そうだ、あんたの友達が行ったらいい。この人はいやなにおいがするから。
ヴラジーミル　起こして来なよ。
エストラゴン　あんなひどい目に合わされたあとでかい！　いやだね、絶対に。
ヴラジーミル[39]　ほう、やっと思い出したな、何をされたか。
エストラゴン　なんにも思い出しゃしないさ、おれは。ただ、おまえがそう言ったじゃないか。
ヴラジーミル　ああ、そうか。（ポッツォに）こわがってますがね、わたしの友達は。
ポッツォ　こわがることはない。
ヴラジーミル　（エストラゴンに）ところで、さっきおまえの見た人たちは、どこへ行っちまったんだい？

エストラゴン　わからない。

ヴラジーミル　どこかにうずくまって、わたしたちの様子をうかがってるのかもしれないぞ。

エストラゴン　それだ、きっと。

ヴラジーミル　あるいは、途中で止まったかな？

エストラゴン　そうだな。

ヴラジーミル　ひと息入れて。

エストラゴン　気を変えて。

ヴラジーミル　それとも、道をとって返した？

エストラゴン　そうそう。

ヴラジーミル　あるいは、ただの幻《まぼろし》だったのかもしれない。

エストラゴン　幻影か。

ヴラジーミル　錯覚か。

エストラゴン　幻影か。

ポッツォ　なにをぐずぐずしとるのかね？

ヴラジーミル　（エストラゴンに）何を待ってるんだ？

エストラゴン　ゴドーさ。

ヴラジーミル[40]　（ポッツォに）こわがってるって言いましたが、きのう、あんたのお供はわたしの友達を蹴とばしたんですよ、ただ涙を拭いてやろうとしただけだのに。

ポッツォ　いやあ、それは、あんた、ああいう連中には優しくしてやっちゃいかん。むこうには、とてもがまんができんのだ。

ヴラジーミル　はっきりいって、どうしたらいいんです？

ポッツォ　ああ、まず綱を引く、もちろん、首を絞めあげないように注意してだが。普通、それでなにか反応がある。それでだめなら、下っ腹でも、顔でも、適宜にかつじゅうぶんに、蹴とばせばよろしい。

ヴラジーミル　（エストラゴンに）わかったろう。なにもこわがることはないさ。むしろ、かたき討ちのいい機会だよ。

エストラゴン　でも、もし逆襲されたら。

ポッツォ　逆襲など、絶対にせん。

ヴラジーミル　応援に行ってやるよ。

エストラゴン　じゃあ、見ていてくれよ、ずっと。（ラッキーの方へ行く）

ヴラジーミル　まず、生きてるかどうか見たほうがいい。死んでたら、なぐったってむだだから。

エストラゴン　（ラッキーの上にからだをかがめて）息はしてる。

ヴラジーミル　じゃあ、やれ。

急に勢いづいたエストラゴンは、わめきながら、ラッキーに足蹴を浴びせる。しかし、たちまち自分の足を痛めて、うめきながらびっこを引いて離れる。ラッキー、気がつく。

エストラゴン　（片足で立ち止まって）ちくしょう！

エストラゴンは、坐って、靴を脱ごうとする。しかしじきにあきらめ、からだを丸めて、頭を両足のあいだにつっこみ、両手を頭の前で組む。[41]

ポッツォ　今度は、いったい、どうなったんだね？

ヴラジーミル　わたしの友達が足を痛めて。

ポッツォ　で、ラッキーは？

ヴラジーミル　じゃあ、あれは確かにラッキーなんですね？

ポッツォ　なんだって？

ヴラジーミル　ラッキーですね、確かに？
ポッツォ　わからんね、どうも。
ヴラジーミル　そして、あんたはポッツォだね？
ポッツォ　確かにわしはポッツォさ。
ヴラジーミル　きのうと同じ？
ポッツォ　きのうと？
ヴラジーミル　きのう会ったじゃありませんか。（沈黙）思い出しませんか？
ポッツォ　きのうはたしか誰にも会わなかったと記憶しとる。だがあすになれば、きょう誰に会おうと、忘れてしまっているだろう。したがって、確かなことは、わしを当てにしてもらっては困るっていうことだ。だいいち、その話はもうたくさんだ。立て、豚！
ヴラジーミル　あんたはラッキーをサン・ソヴールに連れて行って売るところだった。そう話してくれたじゃありませんか。それから、ラッキーは、踊ったり、考えたりした。あんたも、目が見えた。
ポッツォ　ぜひにもといわれるんなら、そうしとこう。さあ、放してもらいましょう。（ヴラジーミル、離れる）立て！
ヴラジーミル　ほう、立つ、立つ。

ラッキー、立って、荷物を拾う。

ポッツォ　よろしい。

ヴラジーミル　これから、どこへ行くんです？

ポッツォ[42]　そんなことは心配せん。

ヴラジーミル　あんたもずいぶん変わった！

ラッキー、荷物を持って、ポッツォの前に来る。

ポッツォ　鞭！（ラッキー、荷物を置き、鞭を捜し、見つけると、ポッツォに渡し、再び荷物を持つ）綱！（ラッキー、荷物を置き、綱の端をポッツォの手に握らせ、荷物を持つ）

ヴラジーミル　トランクの中には、何がはいってるんです？[43]

ポッツォ　砂だ。（綱を引く）前進！（ラッキーは、動きだし、ポッツォは、後ろから行く）

ヴラジーミル　ちょっと。

ポッツォ、立ち止まる。綱が張る。ラッキー、持ち物をみんな放して、転ぶ。ポッツォも転びかかるが、あやうく綱を放したので、その場でよろめくだけですむ。ヴラジーミルがそれを支える。

ポッツォ　どうしたんだ？
ヴラジーミル　転んだんですよ。
ポッツォ　起こしてくれ、早く！　眠らんうちに。
ヴラジーミル　あんたは大丈夫ですか、放しても？
ポッツォ　大丈夫らしい。

ヴラジーミル、ラッキーを蹴とばす。

ヴラジーミル　立て！　豚！（ラッキー、立ち上がり、荷物を拾う）立ちましたよ。
ポッツォ　（手を差し出して）綱！

ラッキー、荷物を置き、綱の端をポッツォに持たせると、荷物を持つ。

ヴラジーミル　まだ、いいでしょう。
ポッツォ　いや、もう行く。
ヴラジーミル　助けてくれる人のいないところで転んだらどうするんです？
ポッツォ　起き上がれるまで待つさ。それから、また出かける[44]。
ヴラジーミル　行く前に、あの人に歌うように言ってくれませんか。
ポッツォ　誰に？
ヴラジーミル　ラッキーに。
ポッツォ　歌えって？
ヴラジーミル　ええ。でなけりゃ、考えろとか、しゃべれとか。
ポッツォ　しかし、あれは唖《おし》だよ。
ヴラジーミル　唖？
ポッツォ　そうとも。うめくこともできない。
ヴラジーミル　唖って！　いつから？
ポッツォ　（急に激怒して）いいかげんにやめてもらおう、時間のことをなんだかんだ言うのは。ばかげとる、全く。いつだ！　いつだ！　ある日でいけないのかね。ほかの日と同じようなある日、あいつは唖になった。わしは盲になった。そのうち、ある日、わしたちは聾《つんぼ》になるかもしれん。ある日、生まれた。ある日、死ぬだろう。同じある日、同じある時、それではいかんのかね？（やや重々しく）女たちは墓石にまたがってお産をする、[45]ちょっとばかり日が輝く、そしてまた夜。それだけだ。（綱を引き）前進！

ポッツォとラッキー、去る。ヴラジーミル、舞台袖ぎりぎりまでついて行き、遠ざかる二人を見送る。物の倒れる音が、二人がまた転んだことを知らせる。それをヴラジーミルの身ぶりがさらによく説明する。沈黙。ヴラジーミル、眠っているエストラゴンに近寄ると、しばらく眺めているが、ゆり起こす。

エストラゴン　（驚きと恐れで度を失う。わけのわからぬ言葉。だが、やがて）どうして眠らせといてくれないんだ、いつも？
ヴラジーミル　ひとりっきりになった気がしてな。
エストラゴン　夢では幸福だったのに。
ヴラジーミル　いい暇つぶしだったな。
エストラゴン　その夢は……

ヴラジーミル　言わんでくれ！（沈黙）ほんとに盲なのかな？
エストラゴン　誰が？
ヴラジーミル　ほんとの盲が、時間の観念がないなんて言うかな？
エストラゴン　誰だよ？
ヴラジーミル　ポッツォさ。
エストラゴン　盲かい、あいつ？
ヴラジーミル　そう言ってた。
エストラゴン　そんなら？
ヴラジーミル　わたしたちを見てるような気がしたんだが。
エストラゴン　おまえの気のせいさ。（間）もう行こう。いや、だめだ。ああそうか。（間）確かに、あいつじゃなかったんだろうね？
ヴラジーミル　誰が？
エストラゴン　ゴドーさ。
ヴラジーミル　だから、誰が？
エストラゴン　ポッツォがさ。
ヴラジーミル　違う、違う！（間）違うよ。

エストラゴン　とにかく立とう。（苦しげに立ち上がる）あいたっ！

ヴラジーミル　わたしはもう何を考えたらいいんだかわからない。

エストラゴン　おれの足は！（再び坐り、靴を脱ごうとする）手伝ってくれ！

ヴラジーミル　わたしは眠ってたんだろうか、他人が苦しんでいるあいだに？　今でも眠ってるんだろうか？　あす、目がさめたとき、きょうのことをどう思うだろう？　友達のエストラゴンと、この場所で、日の落ちるまで、ゴドーを待ったって？　ポッツォが、お供を連れて過ぎた、そして、わたしたちに話しかけた？　そうかもしれん。しかし、その中に、どれだけの真実がある？（エストラゴンは、夢中で靴と戦うが、だめなので、再びうずくまる。ヴラジーミル、それを眺めて）墓[46]にまたがっての難産。そして、穴の底では、夢みるように[47]、墓掘人夫が鉗子《かんし》をふるう。人はゆっくり年を取る。あたりは、わたしたちの叫びでいっぱいだ。（聞く）だが、習慣は強力な弱音器だ。（エストラゴンを眺め）わたしだって、誰かほかの人が見て、言っている。あいつは眠っている、自分では眠ってることも知らない、と。（間）これ以上は続けられない。（間）わたしは何を言ってるんだ？

ヴラジーミルは、激しく行ったり来たりし、やがて下手袖に近く立ち止まり、遠くを眺める。昨夜の[48]男の子が上手に現われる。立ち止まる。沈黙。

男の子　あの……（ヴラジーミル、振り返る）アルベールさんですか……

ヴラジーミル　また繰り返すか。（間。男の子に）わたしを覚えてないのかい？

男の子　ええ。

ヴラジーミル　きのう来たのは、きみだろ？

男の子　いいえ。

ヴラジーミル　来たのは、初めてかい？

男の子　ええ。

沈黙。

ヴラジーミル　ゴドーさんからだね。

男の子　ええ。

ヴラジーミル　今夜は来られない。

男の子　ええ。

ヴラジーミル　しかし、あしたは来る。

男の子　ええ。

ヴラジーミル　確かにね。

男の子　ええ。

　沈黙。

ヴラジーミル　誰かに会わなかったかい？

男の子　ええ。

ヴラジーミル　二人の（ためらう）[49]……男に。

男の子　誰にも会いません。

　沈黙。

ヴラジーミル　ゴドーさんは何をしている？（間）聞いてるのかい？

男の子　ええ。

ヴラジーミル　じゃあ、どうなんだ？

男の子　なんにもしていません。

沈黙。

ヴラジーミル　兄さんは元気かね？
男の子　病気なんです。
ヴラジーミル　きのう来たのは、その子だったのかもしれないな。
男の子　わかりません。

沈黙。

ヴラジーミル　髭があるのかい、ゴドーさんには？
男の子　ええ。
ヴラジーミル　金髪かそれとも……（ためらう）……それとも黒か？
男の子　（ためらいながら）白だと思います。

沈黙。

ヴラジーミル　主よ、あわれみたまえ！

沈黙。

男の子　ゴドーさんに、なんて言いましょうか？

ヴラジーミル　そうだな――（言葉を切って）――わたしに会ったとな――（考える）――わたしに会ったと。（間。ヴラジーミル、前へ出、男の子、あとずさりし、ヴラジーミル、止まり、男の子、止まる）そうだな、確かにわたしに会ってるな、きみは。あしたになって、会ったことがないなんて言わんだろうね？

沈黙。ヴラジーミル、いきなり男の子に飛びつこうとし、男の子、矢のように逃げ去る。沈黙。太陽が沈み、月がのぼる。ヴラジーミルは、身じろぎもしない。エストラゴン、目をさまし、靴を脱ぎ、それを手にして立ち上がると、舞台前面に置き、ヴラジーミルの方へ行きかけて、ヴラジーミルを眺める。

エストラゴン　どうしたんだ?
ヴラジーミル　なんでもない。
エストラゴン　おれは行くぜ。
ヴラジーミル　わたしも行く。

沈黙。

エストラゴン　長いこと眠ってたかい?
ヴラジーミル　わからない。

沈黙。

エストラゴン　どこへ行こう?
ヴラジーミル　その辺まで。
エストラゴン　いやいや、ずっと遠くへ行っちまおう。

ヴラジーミル　だめだ。
エストラゴン　なぜさ？
ヴラジーミル　またあした来なくちゃ。
エストラゴン　なんのために？
ヴラジーミル　ゴドーを待ちに。
エストラゴン　ああそうか。（間）来なかったのかい？
ヴラジーミル　ああ。
エストラゴン　今からじゃ遅いしな。
ヴラジーミル　ああ、もう夜だ。
エストラゴン　いっそのこと、すっぽかしてやったらどうだ？（間）すっぽかしてやったら？
ヴラジーミル　あとでひどい目に合わされる。（沈黙。木を眺めて）木だけが生きている。
エストラゴン　（木を見て）なんだい、ありゃあ？
ヴラジーミル　木さ。
エストラゴン　いや、だからさ、なんの？
ヴラジーミル　知らない。柳《やなぎ》かな。
エストラゴン　ちょっと来てごらん。（ヴラジーミルを木の方へ引っ張って行く。二人は木の前で動かない。沈黙）首をつったらどうだろう？
ヴラジーミル　なんで？
エストラゴン　綱の切れっぱしかなんかないのかい？
ヴラジーミル　ない。
エストラゴン　じゃあ、だめだ。
ヴラジーミル　さあ、行こう。
エストラゴン　待った、おれのズボンの紐がある。
ヴラジーミル　みじかすぎるよ。
エストラゴン　足を引っ張ってくれりゃいい。
ヴラジーミル　じゃあ、わたしの足は誰が引っ張る？
エストラゴン　ああそうか。
ヴラジーミル　とにかく見せてごらん。（エストラゴン、ズボンの紐の結び目を解く。太すぎるズボンがエストラゴンの足くびのまわりに落ちる。二人は、紐を眺める）どうにか間《ま》に合うかもしれない。しかし、丈夫かな？
エストラゴン　ためしてみよう。持ってみな。

二人は、おのおの紐の端を持って引っ張る。紐は切れる。二人は転びかかる。

ヴラジーミル　役立たずめ。

沈黙。

エストラゴン　おまえ、またあした来なくちゃいかんと言ったな？
ヴラジーミル　ああ。
エストラゴン　じゃあ、丈夫な綱を一本持って来ることにしよう。
ヴラジーミル　そうだな。

沈黙。

エストラゴン　ディディ。
ヴラジーミル　うん。
エストラゴン　おれは、このままじゃとてもやっていけない。

ヴラジーミル　口ではみんなそう言うさ。

エストラゴン　別れることにしたら？　そのほうがいいかもしれない。

ヴラジーミル　それより、あした首をつろう。（間）ゴドーが来れば別だが。

エストラゴン　もし来たら？

ヴラジーミル　わたしたちは救われる。

ヴラジーミル、帽子をとる。ラッキーの帽子だ。中を見、手を入れ、ふるってみてから、かぶる。

エストラゴン　じゃあ、行くか？

ヴラジーミル　ズボンを上げな。

エストラゴン　なんだって？

ヴラジーミル　ズボンを上げな。

エストラゴン　ズボンを下げる？

ヴラジーミル　[50]**上げ**るんだよ、ズボンを。

エストラゴン　ああそうか。

エストラゴン、ズボンを上げる。沈黙。

ヴラジーミル　じゃあ、行くか？

エストラゴン　ああ、行こう。

二人は、動かない。

――幕――

（安堂信也・高橋康也 訳）

注

高橋康也

初演

一九五三年一月五日、バビロン座（パリ）。

ロジェ・ブラン（演出）、エストラゴン（ピエール・ラトゥール）、ヴラジーミル（リュシャン・ランプール）、ラッキー（ジャン・マルタン）、ポッツォ（ロジェ・ブラン）、男の子（セルジュ・ルコアント）。

テクスト

『ゴドーを待ちながら』にも、他のベケット作品のほとんどと同じく、ともに作者によるフランス語版（*En attendant Godot* 以下Fと略記）と英語版（*Waiting for Godot* 以下E）がある。次の諸版が基本的版本である。F１　一九五二年パリ、ミニュイ社初版。F２　同年同社第二版。E１　一九五四年ニューヨーク、グローヴ・プレス社版。E２　一九五六年ロンドン、フェイバー・アンド・フェイバー社初版（これは当時のイギリスに存在していた検閲制度のため削除された部分がある）。E３　一九六五年同社改訂無削除版。なお一九八六年フェイバー・アンド・フェイバー社刊の一冊本戯曲全集中の『ゴドー』はE２なので注意。

本書における翻訳の底本としては、原則としてF１を用いたが、他の版も参照した。本書は『ベケット戯曲全集』第一巻（白水社、一九六七年）所収の翻訳にもとづいているが、「ベスト・オブ・ベケット」（白水社、一九九〇年）を機にかなりの改訂をほどこした。また注については、『全集』版の脚注で試みた諸版本間の異同の詳細な比較を簡略化して、重要な異同のみを注記した。代わりに、理解に資する（かもしれない）と思われる注を大幅に増やした。

表題

Eでは「二幕の悲喜劇《トラジコメディ》」という副題がついている。「悲喜劇」は演劇史上のいわば古めかしいジャンル名であるが、本作品に内在する〈非対称《アシンメトリー》〉の構造を指し示すものとして、意識的に用いられたのかもしれない。

人物

エストラゴンはフランス語（estragon は香辛料タラゴンのこと）、ヴラジーミルはロシア語（vladi は〈統治する〉、mir は〈世界〉、この人物は崩壊する世界をなんとかまとめようとしているかのようにも見える）、ラッキーは英語（「この人物はいかなる希望も持っていないから幸運なのだ」

と作者は説明したことがある）、ポッツォはイタリア語（pozzo は〈泉〉、生きた泉か涸れた泉か）。ただし作者は人物名の国際性を否定している。実際、エストラゴンが「カトゥルス」と名乗るのは冗談だとしても、ヴラジーミルは男の子から「アルベールさん」（フランス語名前）と呼びかけられてまじめに（?）返事している。また手稿段階では、エストラゴンは「レヴィ」（ユダヤ名前）と呼ばれ、ポッツォは「マグレゴール」（英語名前マグレガーのフランス語読み）と自称していた（後者の場合、マーフィー、モロイ、マロウンなど、頭文字Mのベケット的主人公の系譜につながることになる）。ディディ、ゴゴという愛称もさまざまな解釈ができようが、少なくとも反復性・非対称性という特徴は明らかである。そして肝腎のゴドーは？　英語の God にフランス語の愛称的縮小辞 -ot をつけたもの（つまりチャップリンがフランスで Charlot《シャルロー》 と呼ばれるように〈神〉を喜劇的にもどくと Godot になる）という解釈がやはり有力であろう。ただし Godeau《ゴドー》 は実在するフランス語名前であり、当時有名だった競輪選手、あるいはバルザックの作中人物などを出典に擬する論者もいる。ついでに、ベケットの乗った飛行機が離陸するとき「本便のパイロットはゴドーでございます……」というアナウンスがあって『ゴドー』の作者は瞬間青ざめて席を去ろうとした、という挿話がある。

第一幕

1　原文（F 'Rien à faire', E 'Nothing to be done'）の 'faire' 'do' は、〈真似る〉〈演ずる〉という演劇的意味をも持つ語でもある（第二幕「木のまねをしよう（faire l'arbre, do the tree）」151頁参照）。とすれば、この芝居は、脱げない靴への苛立ちで始まると同時に、「演ずべきこと〔主題・物語〕は何もない」という宣言、演劇の死または不可能性の告白をもって始まったことになる。

2　このチャップリン風の歩き方は、老化のしるしの前立腺肥大のせいか。ディディの頻繁な尿意や痛み参照。

3　ディディは彼なりの次元で「どうにもならん」というゴゴの言葉を受けとめた。というか、それは彼自身の思考のつづきのように聞える。彼がゴゴの存在に気づくのはこの三行後である。

4　道化風のおとぼけ。同時に、ディディの軽い挨拶の言葉を深く受けとめて、その哲学的内容（おまえ＝人格、またいる＝存在、そこに＝場所、の同一性）に疑義を呈した台詞でもある。

5　ゴゴには文化人類学でいう〈攻撃誘発性《ヴァルネラビリティ》〉があるらしい。第二幕冒頭でもこの〈いじめ〉のモチーフは反覆される。

6 〈同一性〉への疑い。

7 エッフェル塔の完成は一八八九年。〈近代〉の進歩・啓蒙、古き良き時代の象徴。このあたり〈自殺（の不可能性）〉のモチーフの初登場。

8 この二人の老浮浪者に限らず、肉体的苦痛は全篇を貫いている。

9 ディディは〈終末論〉的思考癖をもつ。

10 「まだまだ、しかし、きっとすばらしいぞ」。これはベケットが街で耳にした言葉だそうだ。つまり「そう言ったのは」通行人。Eでは「希望がのばされると何か〔心〕が痛む」（旧約聖書『箴言』13・12）、つまり「そう言ったのは」ソロモン。なおソロモンの言葉はこのあと、「望みが満たされるとき、それは生命の木である」とつづくが、この肯定的な部分は故意か偶然か引用されない。

11 「最後の瞬間」に対する両義的反応。

12 「生まれたという最大の罪」というカルデロンの句をベケットは『プルースト』で引用している。彼の愛読したショーペンハウアーも同じ句を引用している。

13 正確には、「泥棒の一人は（キリストの宥しを求めて）救われた」と書いているのは四福音史家のうちルカ（『ルカ伝』23・43）のみ、「二人ともキリストに悪態をついた」と書いているのはマタイとマルコ、「なんにも言ってない」のはヨハネのみ。〈二人の泥棒〉の救済／堕罪は重要なベケット的モチーフ。「慢心するなかれ、泥棒の一人は地獄に堕ちた。絶望するなかれ、泥棒の一人は救われた」というアウグスティヌスの言葉（ただし出典不明）はベケットのお気に入りだった。
14　ブレヒト的というよりはヴォードヴィル的な、メタシアター的くすぐり。
15　反覆されるこの台詞は、Eでは以下つねに「（絶望的に）ああ！」。
16　柳は悲恋・涙を連想させる。『オセロー』（またヴェルディ『オテロ』）の「柳の歌」参照。
17　注14と同じ。
18　E「と思う、か？」。ディディの〈思う《コギト》〉への、ゴゴの軽蔑。
19　宇宙（人生）＝夢＝演劇のメタシアター的な結びつきは常套的比喩だが、これはそのベケット的変奏。
20　オクスフォード的発音ではcalm〔kaːm〕がcawm〔kɔːm〕と聞える。
21　この未完の猥談は、ルビー・コーンによれば、イギリス人の男色好みという落ちで終わるはずである。
22　ディディの排尿を励ましている。
23　マンダラゲとも呼ばれる茄子科の植物。古くから豊饒の象徴。強精・催淫の効果ありとされた。絞首刑または首吊り自殺で死んだ男の性器から精液の落ちた所に生え、その根が人の形に似ていて、抜こうとすると叫び声を上げるという俗説がある。理性的なディディがこれを信じている（らしい）のは皮肉である。

24　初演以来、この二人組は漫才よろしく対照的な体型の俳優によって演じられるのが普通。

25　このあと数行はギリシア劇で用いられた隔行対話《スティコミティア》という形式の応用。この形式の変奏は今後も反覆される。

26　アイルランドの詩人W・B・イェイツの詩「葦間の風」への言及か。

27　さきほどのディディとゴゴの会話における比喩的な「縛られている」がここでは具体化されている。

28　E1「母親が梅毒にかかってましてね」E2とE3「母親にいぼがありましてね」。概してEの方がFより肉体性の強調が激しい。

29　E「神に似せて造られた」。これは『創世記』1・27の「神はご自分にかたどって人間を作られた」を踏まえている。

30　E「十一歳だ」。

31　E「骨をポケットにしまう」。

32　「震えあがって」のE原文'in fear and trembling'はキエルケゴールの著書『おそれとおののき』の英語題名を思わせる。ミサ祭文で、「最後の瞬間」（「最後の審判」「怒りの日」）に直面したときの人間の反応は「おそれとおののき」とされている。

33　E「奴隷」。

34　ポッツォの記憶違い。アトラスはジュピターの子ではなく、ジュピターを主神とするオリンポスの神々に背いた罰で地球を背負わされた巨人族《タイタン》の一人。

35　Eでは 'You waggerim' で、すなわち 'You want to get rid of him' の早口。

36　サン・ソヴールは救世主。フランスによくある広場の名。Eではただ「市場」。

37　knouk（Eでは knouk）はロシア語の knout（鞭）からベケットが作った造語。

38　E「時計を見て」。

39　Fの原注「この四人の人物はみな山高帽をかぶっている」。

40　「苦しめて」はEではキリストの磔刑を喚起する 'crucify'。

41　「晩」は芝居の公演を意味する。

42　F1以外ではこの台詞はない。あまりに現実的・政治的な言及を避けたのか。なお初演のあと間もなく（一九五三年三月五日）スターリンは死んだ。

43　楽屋のトイレットのこと。むろんディディは百も承知のはず。

44　パイプの銘柄。Eではアイルランドの有名ブランド、キャップ・アンド・ピーターソン。同じ品物をいろいろに呼びかえている。

45　これも楽屋落ち的駄じゃれ。

46　「牧神はまどろむ」はフランス語では Pan dort. これは Pandore（ギリシア神話の人類最初の女パ

ンドラ）と同音。とすると、この芝居で数少ない女性への言及となる。

47 〈時間の停止〉への恐怖。

48 まだ夜が来ない（まだあたりが明るい）ことに対するディディの苛立ち（63頁）と、「この男にはなにもかも暗く見える」というゴゴのコメントの間の、矛盾を衝いたことに、ポッツォは満足しているのである。

49 ローマの抒情詩人（BC八四―AD四七）。E1とE3では「アダム」。

50 ヨーロッパでは「夜」はしばしば「馬」のイメージと結びつく。たとえばマーロウの『フォースタス博士の悲劇』の末尾近く引用されるオウィディウスの有名な一句「ゆるやかに駆けよ、夜の馬よ」。

51 「母なる大地〔地球〕」という常套句の猥雑なひねりによって、名調子と罵言の混じったポッツォの演技は終わる。

52 「よかった」以下の形容詞は物事の評価（たとえば新聞の劇評）の決まり文句をからかっている。

53 Eでも'Tray bong'。

54 健忘症はベケットの人物の一特徴。

55 一スーは百分の一フラン。

56 踊り（肉体）から思考（知性）へ――これこそ近代人の進歩の「順序」である、という冗談への笑いだろう。

57　ファランドールは南フランス農民の踊り。以下、ブランルは十六世紀に流行した踊り。ジーグは活発な踊り。ホーンパイプは水夫のあいだではやった速い踊り。

58　E「贖罪の山羊の苦しみ」。

59　E「堅い椅子」。これは便器、ひいては便秘を意味する。『クラップの最後のテープ』にも出てくる。

60　「わたし〔エホバ〕は彼に網を打とう。彼はわたしの網にかかるだろう」（『エゼキエル書』12・12）そのほか「トロイアはゼウスの網に捉えられている。」（『アガメムノン』）、「神はわたしを捉えようとどんな網を織っていたのか」（『オイディプース』）など、ギリシア悲劇でも「網」と「神」の結びつきがある。

61　旧式吸入器に付いているゴム製ボール。

62　Eでは以下三行の台詞は三人順ぐりに「まてまて！」「まてまて！」「まてまて！」。

63　このト書をここに挿入したのはEに倣ったもので、この方がFより分かりやすい。Fではこのト書の（1）～（4）が欄外に間をおいて配されている。

64　ラッキーの長広舌はひたすら支離滅裂に見えるが、よく読むと次の三部から成り立っている。〔1〕神の愛の不可解さ、および世界を焼く終末的な炎。〔2〕人間の縮小。〔3〕地球の石化。しかしもっと注目すべきは、そのような命題を論理的に提示しようとする言説がその足元から崩れていくさまである。そして最も肝要なのは、ラッキー役の俳優がこれをどう演じてみせるかだろう。

65 「ポアンソン」は「錐《きり》」の意あり。Eの「パンチャー」は「穴をあける人」（つまり駅の改札係）と聞える。

66 この名前は蒸気機関の発明者ワットにかけて汽車の機関手を思わせる。

67 「土木工事」の原語（travaux publics, public works）は「公的な研究」とも取れる。

68 「かかか」は日本語訳では「神」と発声しようとして吃ったと聞えるが、原語 quaquaqua はフランス語では caca（幼児語で「うんち」）と響く。英語では〔kwa〕と発音され、つまりフランス語の quoi（なに）と同じになる。なお地質学用語で quaquaversal（中心から四方に向かって傾斜するドーム状の地層）という語があり、一説によるとベケットはこれを「神の性質」にたとえた。またジョイスの『フィネガンズ・ウェイク』の「シェムとペンマン」挿話の終わりでは、'quoi' が八回くりかえされる。

69 シェイクスピアの『あらし』（第一幕第二場）の無垢な娘ミランダは、嵐に苦しむ人間を見てともに苦しむ。彼女はファーディナンドによって「神々しく」崇められる。

70 「かくも青く静かに」はヴェルレーヌの詩「大空」からの引用。

71 「テステュ」はテスティキュル(睾丸)を、「コナール」はコン(女陰)にかけてある。Eは後者が「キュナード」で、作者のパトロン、ナンシー・キュナードの名の戯れか。

72　ブレスはフランスの地名。ベルヌはスイスの都市ではなくberner（だます・かつぐ）のしゃれだろう。EのEssy-in-Possyは哲学用語esse（存在）とposse（潜在）をもじった造語。

73　「そくそく」は日本語訳では「糞」に通じるが、フランス語のAnthropopométrieの「ポポ」は「溲瓶《しびん》」の幼児語。Acacacadémieの「カカ」については注68参照。

74　英語読み（ファートフ＝屁、ベルチャー＝げっぷ）の方が卑猥さがきわ立つ。

75　「欲望」(conation)はむろんスポーツではなく、哲学用語。コン（女陰）の音に掛けた上で、スポーツの中に何食わぬ顔で混入させたもの。Eでは他に「波乗り」「グライダー」などのスポーツも加わっている。

76　アイルランドで女性が楽しむホッケーに似たスポーツ。

77　「マルネワーズ県」は実在しない。Eの「ペッカム」「フラム」「クラッパム」は実在するが「フェッカム」は実在しない（いずれも音響的に性的連想あり。「クラップ」は性病、「フェック」は糞・性交（ファック）、「ペック」は接吻など）。

78　E1ではヴォルテールと同じく十八世紀の哲学者「バークリー司教」（ベケットは敬愛するこのアイルランド人の哲学を作品『フィルム』の根底に据えている）。E2、E3では十八世紀のイギリスの大文人として知られる「ジョンソン博士」。

79　Eでは「コネマラ」（アイルランド西部の石の多い荒涼たる地方）。以下も同じ。

80　シュタインもペーターも「石」を意味する。
81　「中絶した実験」はE「失われた労作」(labours lost)。シェイクスピア『恋の骨折り損』(Love's Labour's Lost) 参照。
82　Fの 'teêe' を、Eの 'skull' およびベケットの短篇集 Têtes-mortes を参照して、「頭蓋骨」と訳した。
83　ラッキーを二人が左右から狭んでいる舞台形象は、ゴルゴタの丘のキリストと二人の泥棒、あるいは十字架から降ろされるキリストの図像をかすかに連想させる。
84　ポッツォはこれでパイプと吸入器と時計をなくしたことになる。
85　Eではこの前に「すすり泣いて」のト書。
86　ベケット自身の演出（ベルリン）では「さようなら」が九回反覆された。
87　以下のやりとりで、ポッツォとラッキーをディディが知っていたのか否か、完全に不明となる。
88　E「おれたち」。
89　E「言葉、言葉」はハムレットの「言葉、言葉、言葉」のこだまか。
90　兄か弟か、不明。『創世記』では、神にかわいがられるのはカイン（兄）ではなくアベル（弟）。
91　やっと夜が来た、の意。
92　Eではこれが三つの台詞になる。エ「疲れ果てて蒼ざめて、さ」ヴ「え?」エ「空に昇りおれたちみたいなのを見つめるのに疲れ果てたのさ」。エストラゴンはイギリス・ロマン派詩人シェリーの詩「月に寄す」の一節「空に昇り地球を見つめるのに／疲れ果て蒼ざめて……」を引用している。

93　聖書をろくに読んだこともなく「救世主」という語も知らないエストラゴン（本書13～14頁参照）の、この〈キリスト・コンプレックス〉は意外である。

94　アヴィニョン近くでローヌ川に合流する川。作者が第二次大戦末期にいた南フランスの思い出か。Eでは「ローヌ川」。

第二幕

1　Eでは「四、五枚の葉に」。実際、パリ初演でも、作者と演出家の合意で、「わずかの葉の方が効果的」とされた。ダンテ（『神曲・天国篇』三十二歌五九―六〇行「かつては枝々いと裸なりしを、樹は今やよみがえりぬ」）や、『箴言』（第一幕注10参照）などの賛える「生命の木」、あるいは北欧神話の宇宙樹イグドラシルや、能舞台を飾る亭々たる老松などと対比せよ。

2　E「高い音程」。

3　E「もっと高い音程で」なし。

4 ドイツ古来の学生歌をベケット自身が訳したもの。その無限循環形式や、暴力・殺し・十字架などのライトモチーフは、この芝居にふさわしい。

5 F2およびEでは「今か？……（うれしげに）またおまえがいる……（なげやりに）またおれたちがいる……（暗い調子で）またわたしがいる」。

6 Eではこの台詞の代わりにト書「エストラゴン、うめく」。

7 「同じ流れに二度と足を浸すことはない」（すべては変わる、時間は不可逆である）というヘラクレイトス的思想をひねったもの。

8 E「泥んこ」。さきほどの「じくじく滲み出る」「膿」から言っても、また他のベケット作品から考えても、「砂漠」より「泥んこ」の方がふさわしい。

9 アヴィニョンの東に広がる県。ベケットが大戦中にいたところ。Eでは「マコン」はリヨンの北の古都「マコン」となっている。なお五行後の「ラ・クソクリューズ」（La Merdecluse）はEでは「カコン」（cackon）であり、これは「糞」「悪」の連想がある。むろん、ともにベケットの造語。

10 ルシヨンはベケットのいた村。赤土で知られる。「ボネリー」はベケットのそのころの知り合いで実在人物。Eではエストラゴンは場所も人物も思い出せない。

11 「ほかのやつ」は単数。第一幕（55頁三行目）のラッキーをさすと思われるが、エストラゴンが自分をなぞらえていたキリストの連想もあろう（三行後の「小さき十字架」も参照）。

12 「自分の十字架を背負って私について来ない人は私の弟子にはなれない」（『ルカ伝』14・27）。

13 作者が「抒情的レベルの掛け合い漫才」と呼んだ以下のやりとりは、後のベケットを特徴づける〈正体不明の声〉の最初の現れの一つでもある。

14 E「それだけみじめさが減ってるってことだ」。

15 「この死骸たち」は観客をさすか。

16 このルソー的な台詞を口にするとき、一九六四年ロイヤル・コート劇場でベケットが演出に立ち合った公演では、エストラゴンは哀れに痩せた木の方に向きなおった。

17 E「おれは歴史学者じゃないよ」。

18 E「なぜ知らないかなんて知るか！」。

19 第一幕（29頁）の「縛られてる」かどうかについてのやりとり参照。

20 ダンテの『神曲・天国篇』第四歌でベラックヮが同じ姿勢をしている。ベラックヮはベケットのお気に入りの人物で、最初の短篇連作集『蹴り損の棘もうけ』の主人公の名前でもある。ベケットの人物たちはしばしば「胎児」的姿勢を取る。

21 飛行・落下の夢。ディディの夢嫌いは第一幕の反覆。

22 二人で三つの帽子をまわす場面はマルクス兄弟やローレル＝ハーディのドタバタ映画、ミュージック・ホールの道化芝居の十八番。

23　E「淋菌！　スピロヘーター」。

24　フランス語プラトーは「台地」および「舞台の床板」の両義あり。なおEでこのヴラジーミルの台詞と直前のエストラゴンの台詞が削除されたのは、メタシアター的言及があからさますぎるという判断か。

25　Eではこのト書部分は次のように拡大・指定される――（二人は回れ右をして離れ、再び回れ右をして向かい合う）ヴ「へそ曲り！」エ「蛆虫！」ヴ「月足らず！」エ「虱《しらみ》！」ヴ「どぶねずみ！」エ「くそ坊主！」ヴ「脳足りん！」エ（とどめを刺して）「げげ劇評家！」ヴ「まいった！」（ヴラジーミル、しおれて敗北を認め、回れ右をして、歩き出す）。

26　神学的解釈によれば、両手をひろげた〈木〉の格好は十字架のパロディであり、「平衡《バランス》」はキリストが人類の罪を贖って神への負債を返し、貸借の〈帳尻《バランス》〉を合わせたことを暗示する。しかし二人はヨーガ行法第二十五条（片足で立ち祈る）をやっているのかもしれない。

27　ベケットによれば、二人は第一幕とは逆の方角から出てこなければいけない。第一幕の「市場」でラッキーに買い手がつかなかった、その帰りかもしれない。

28　E「虚無」。

29　中央ピレネーに接する県。E「ピレネー」三行後も同じ。

30　一同折り重なって倒れるのはサーカスの道化芝居などでよく使われる手。

31　E「優しき母なる大地よ！」は「淫売の地球」（第一幕67頁）を想起させる。

32　旧約聖書によれば、人類の祖アダムとイヴの長子がカイン、次男がアベル。神への供物が嘉納されなかったことを恨んだカインによるアベル殺しは人類最初の殺人。〈不条理〉な神のもとの最初の二人組である。

33　ポローニアスをからかうハムレットの「雲」の台詞（第三幕第二場）参照。直前のカインとアベルの名が兄弟殺しの物語『ハムレット』の連想を呼んだのか。『ハムレット』にもカインへの言及がある。

34　ギリシア神話のティレシアスを始めとして、予言者はしばしば盲目であった。

35　Eではこのあと「夜は近づきぬ」とつづく。これは『クラップの最後のテープ』でクラップが口ずさむのと同じ賛美歌からの引用。

36　ラテン語で「昔の幸福の思い出」。ベルリンのシラー劇場におけるベケット演出では、教会での祈禱文のように唱えられた。「不幸の中で昔の幸福を思い出すことほどつらいことはない」（ボエティウス『哲学の慰め』）。

37　Eではこの台詞の代わりに、エストラゴン「さあ、どうかね」。エストラゴンはラテン語を理解して反応していると思われる。「この浮浪者たちは博士号を持っているみたいな口をきく」という ある批評家の評言に対し、ベケットは「彼らが博士号を持ってないっていう証拠はありませんよ」

と答えた。

38 フランス語で「板《ラ・プランシュ》」には、日本語と同じく、「舞台《いた》」の意あり。Eの「ザ・ボード」も同じ。「舞台・劇場」に掛けた楽屋落ち。

39 Eではこの一ページ後のエストラゴン「幻影か」までなし。

40 Eではこれと次の台詞の代わりに、ト書「沈黙」。

41 「からだを丸めて……」以下、Eでは「膝に両手をのせ、両手に頭をのせて、居眠りをする格好になる」。

42 Eではこれと次の台詞の代わりに、ポッツォ「前進！」。

43 Eではここから次頁のト書「ラッキー、荷物を置き……荷物を持つ」までなし。

44 Eではつづいて「前進！」。

45 Eでは墓（tomb）と子宮（womb）の語呂合わせが背後に感じられる。

46 F2およびEではこの前に「この男にはなにもわからない。またあしたも、人にぶたれたと言うだけだ。そしてわたしは人参をやるだろう。(間)」。

47 E「のろのろと」。

48 Eでは「昨夜の」なし。従って少年の同一性はきわめて曖昧になる。

49 ポッツォとラッキーが「男」（あるいは人間）と言えるかどうか、ヴラジーミルは一瞬迷ったのか。

50　Eでは前にト書「ズボンが下がっているのに気づき」。

解題

高橋康也

『ゴドーを待ちながら』がパリで初演された一九五三年一月五日は、演劇史を区切る重要な日付の一つとして記憶されるだろう。当然、批評は九分の無視ないし敵視に抗して、一分の熱狂的称賛に分かれた。ユゴーの『エルナニ』やジャリの『ユビュ王』の初演時の伝説的な騒ぎにはならなかったものの、いわゆる「醜聞《シュクセ・ド・スキャンダル》ゆえの成功」を収めて百回を越える公演を記録した。

それにひきかえ、アメリカの初演はさんざんだった。よりによって観光地マイアミで、「パリ直輸入の爆笑コメディ」という惹句に祝福されて、初日が開いた。さて、幕間のあとまで残っていた客は、テネシー・ウィリアムズとウィリアム・サローヤンのほか、出演俳優の家族数人だったという。早々にして公演中止となったのは言うまでもない。

今日、この芝居が現代演劇最大の傑作(あるいは問題作と言い直しても同じだろう)であることを疑う者は、おそらくいない。しかし、そのことは、この作品についての解釈が確定しているということを意味するわけではない。むしろ、いまだに新たな解釈を生成しては吸収してしまう巨大なブラック・ホールでありつづけることによってこそ、これは今なお傑作/問題作なのだ。その点で、匹敵するのは唯一つ『ハムレット』あるのみかもしれない。

『ゴドー』に接して、人はむしょうにおしゃべりになりたがっている自分を見出す。だが、論ずれば論ずるほど、というか論じようとして本文を丁寧に読み返せば読み返すほど、議論が作品によって先手を打たれているのではないか、と気づく。テクストの内部に自己矛盾の隙き間を見つけて、そこから作品を腑分けし、脱構築《ディコンストラクト》しようとしても、実は全篇これ隙き間で成り立っていることを悟られるのである。『ハムレット』はそこまではいっていない。

急いで断っておくが、議論や解釈がむだだというのではない。無数の解釈が生まれ、すれちがい、ゆらめき、消尽されてゆく、その過程がまさにこの作品を観たり読んだりする経験の実体にちがいないのだ。だから、解釈はたぶん多いほどいい。それだけ、すれちがいのエネルギー、ゆらめきのゲーム、消尽のスリルが大きくなる理窟だから。

そもそも表題がそうだ。「ゴドー」を「ゴッド」のもじりと解して、神の死のあとの時代に神もどきを待ちつづける現代人、その寓意的肖像画の画題がここにある。――この解釈が抗しがたい誘惑力をもつことは事実だが、同時に、口にするのも気恥しいほど陳腐なのも確かだろう。それに、神の死といったとき、話はあまりにキリスト教的に限定されすぎてしまうのではないか。

確かに、冒頭近くの「最後の瞬間」（世界の終末を語る「ヨハネ黙示録」）から、ゴルゴタの丘の「二人の泥棒」をへて、幕切れ近くのエホバを思わせる「ひげを生やした老人（ゴドー）」（「創世記」）にいたるまで、キリスト教的神話への言及はこの作品を満たしている。キリスト教的終末論の知識なくして、この芝居は理解不可能である、とまで断言する人が出てきても不思議はないかもしれない。しかし、この作品の世界をそんなふうに限定していいものだろうか。いや、限定できるのか。

ベケット自身は、「作家は神話を自分の目的に合わせて利用する。私にとってはキリスト教の神話がいちばん馴染み深いので、これを私の劇的意図にかなう限りにおいて応用した」と語ったことがある。この、作者によるいわばニュートラルな発言を、受け手は自分の立場に合わせてさまざまに応用できる。神は死んでいない、二人の浮浪者は神の来臨を待ち望むキリスト者の裸形である。いや、彼らは神ではなく、まったく別のもの（革命、現世的御利益、死、その他）を待っているのだ。いやいや、これは何かがやって来て救ってくれるという幻想への諷刺・批判にほかならない。いやいやいや、そのような幻想を捨てることができない人間の本性への深い共感・憐憫こそがこの作品の本質である……

しかし、作者の「劇的意図」が奈辺にあるのか、誰も知らない。ベケット自身も知らなかったろう。ゴドーは誰かときかれて彼は「知っていたら作品の中に書いたでしょう」と答えたとか、高名な俳優がこの答えを聞いてポッツォの役を降りたといった話が伝わっている。だから、上に挙げたような主題・内容・深層に関する議論が的を射ている証拠は、的はずれだという証拠と同じく、存在しない。もしかしたら、作者の「劇的意図」は形式・表層にあったのかもしれないのである。たとえば、例の、キリストといっしょに磔刑に処せられた二人の泥棒の話。ベケットはアウグスティヌスの著作のどこかで（学者たちの懸命の調査にもかかわらずそのものずばりの出典は見つかっていないのだが）、「慢心するなかれ、泥棒の一人は地獄に堕ちた。絶望するなかれ、泥棒の一人は救われた」という文に出会って、いたく感銘を受けた。その余韻がここにこういう形で現れたのだが、この言葉についてのベケットのコメントは単に「この文章は美しい形《シェイプ》をもっている」ということだけである。この芝居の作中人物たるヴラジーミルは、批評家たちと同様に、摂理の不可知、世界の不条理について頭を悩ましているが、作者はその思想的「内容」の深さよりは対称的《シンメトリカル》な「形《シェイプ》」の美しさにもっぱら魅せられているかのようである。

ある物、ある事態をさして、「これはAでありかつ非Aである」あるいは「Aでもなく非Aでもない」という。これは形式的には対称的（あるいはずれを含んだ反覆）であるが、内容的にはふつう矛盾・自家撞着・論理的非連続・逆説・二重拘束《ダブル・バインド》などと呼ばれる。形式的には「美し」くあり得るかもしれないこの事態は、一歩まちがえば、論理的崩壊・現実的はちゃめちゃとなる。つまり、あるものがAなのか非Aなのか、分からなくなってしまう。『ゴドー』という芝居では、これが一歩どころではなくまちがってしまっている。

泥棒は救われるのか地獄堕ちなのか、待ち合わせの目印の木は喬木なのか灌木なのか、今日は何曜日なのか、今は夕方なのか明け方なのか、男の子はきのうの子と同じなのかちがうのか、第二幕は第一幕の翌日なのかもっと後なのか、ディディはポッツォとラッキーに会ったことがあるのかないのか……まことに全篇矛盾だらけ、隙き間だらけである。

言いかえれば、何が確かに存在するのか分からない。すべてを疑ったデカルトはついに「私は考える、だから私は存在する」と悟ったが、『ゴドー』の仮想敵（?）はデカルトかもしれない。確かなものと不確かなものを区別し、因果関係を明らかにし、物事の脈絡をつけるのが「考える」ことだとすれば、この芝居では「考える（思う）」というデカルト的原点は完膚なきまでに嘲笑される。「と思う、か?」（第一幕注18参照）というゴゴの当てこすりは、ディディがしがみついているデカルト的「思考《コギト》」に向けられているとも取れよう。

問われているのはデカルト的・西欧的理性だけではない。その根本にある言語そのものである。ディディたちがしゃべるのは「考えないため」であり、また空中に満ちている「声たち」を「聞かないため」である（117頁）。人物たちの会話は、非連続（コミュニケーション・ギャップ）に満ちている。あるいはラッキーに対するポッツォの命令のように、言語は支配の道具と化したり、ディディの場違いに高揚したヒューマニズム的レトリックになったりする。極めつきは壊れたデカルト的機械のようなラッキーの長広舌だろう。

論理の脈絡や、因果関係や、言語の嚙み合いが不在だとすると、アリストテレス的な演劇は当然成り立たない。劇的な絡みを展開させ、緊張を盛り上げていって、大団円に到達し、カタルシスをもたらす、という劇作法の代わりに、ここで駆使されるのは反覆の手法である。ずれや対照を含む対称性《シンメトリー》といってもいい。浮浪者二人と主従二人、二人の泥棒、人参（または大根）と蕪、第一幕と第二幕のほとんど相同的構造など、これもきりがない。それらの反覆や対称的ペアの間に因果関係がほとんどまったくないことに注意すべきだろう。そして反覆とはいっても、第二幕冒頭の歌の無限循環が典型的とはいえない。むしろ第一幕から第二幕へと事態が悪化していることから察せられるように、エネルギーは漸減的反覆のうちに、やって来ない「最後の瞬間」に向かって収斂していく。

以上、いわばマイナスのカードばかりを数えあげたと見えるかもしれないが、実際に読み、演じ、観てみれば、これほど芝居の原点にある力の豊かさを実感させてくれる作品も珍しい（またしてもライヴァルは『ハムレット』のみか）。「どうしようもない」（何も〈演ずる faire, do〉ことがない）という台詞で始まるこの反・演劇は実は演劇へのこの上ない讃歌なのである。ここに、おそらくこの芝居最大の逆説がある。

たとえば、台詞劇と堕した近代劇が俳優の身体性を抑圧してきたのに対し、この芝居では台詞に対する身ぶりや動き、舞台上の俳優の位置などの重要性がはるかに大きくなっている。ベケット自身、演出にあたって、これは「たえず離れてはたえず相寄る」アクションで成り立つ他品であり、演出家はほとんど「振付師」になるべきだ、とまで言ったことがある。

台詞についても、先述のとおり言語の権威（その合理性・統合性・流通性・支配性）は痛烈に告発されるが、逆に、そのような権威から解放されたものとしての言語の力は、この芝居からかえって強烈に放射される。すれちがいの言葉のおかしさが、役者と観客を、言語の窮屈な拘束力から自由にする。詩的な名調子から駄洒落や言葉遊びをへて口汚い罵り言葉まで、言語はその全音域を開放して、みずからの豊かな様態を楽しんでいるみたいだ。もちろん、すべてがアドリブと聞える台詞、そのずれや間や速度は、実は作者の周到をきわめた計算によって配置されているのだけれど。

言葉と身体のかかわりについても一言すれば、台詞がこれほど身体性に貫かれている芝居も少ないだろう。人物たちの身体的苦痛は、視覚的に明示されるばかりでなく、たえず言語として滲み出たり、爆発したりする。ゴゴの靴の痛みや殴られた体、ディディの前立腺肥大（？）ふうな歩き方、彼らの息や足の悪臭、空腹感、ラッキーの赤むけした首筋、ポッツォの盲目。ほとんど「われ苦しむ、ゆえにわれわれに在り」の感がある。そして演劇とは受苦《ペトス》と切っても切れぬはずである。

それにしても、演ずべき「物語」がないではないか。そのとおり。ふつう演劇を支えている「過去」「思い出」「秘密」「企み」などをすべて拒否して、この裸舞台同然の「板」（ラ・プランシュ、ザ・ボード）の上で、どうやって二時間のあいだ客を引きとめておくような芝居がやれるのか。言葉は尽きてくる。「おい何か言ったらどうだ」「そうだ、それがいい、悪口を言いあおう」「首を吊ったらどうだろう」、奇妙な主従が通りかかって、「時間が早く過ぎた」のはありがたいことだ。

演ずべきことのない、この手持ちぶさたさと不安感は、しかし、えも言われぬ自由な浮遊感を与えてくれはしないか――俳優にとっても、また観客にとっても。「存在することは見られることだ」というバークリー的な存在論はとりわけ俳優に当てはまるけれど、人間すべて「誰かに見られて」いるのだと、この芝居の観客は悟るはずだ。言いかえれば、芝居とは、退屈しないで二時間を芝居小屋の中で過すこと。そう思い定めたとき、「世界は劇場、人生は芝居、人は役者」というメタシアター的な快感に、醒めたまま、浸ることが可能になるだろう。そしてわれわれの生の感覚を鈍らせる「強力な弱音器」である「習慣」というやつから、自分を解き放つことができる。「ゴドーを待つ」という、あるようなないような枠組（大いなる物語）は、過去と未来のあいだに宙吊りにされたこの現在あるいは現代の瞬間を生き生きとさせるための仕掛けにすぎないのかもしれない。「一切空無」「不立文字」の大悟に達した名僧は別として、われわれはこの仕掛けの中で、精いっぱい戯れ、演じ、生きていくほかない。ディディやゴゴのように。

ついでに蛇足を加えれば、本書につけられた注も、本文を生き生きと楽しむためのもの、つまり読まれたあとは忘れ去られるためのものにほかならない。要らざるお節介とお叱りもあろうが、限りなく多様な乱反射的な読みの可能性のちょっとした示唆とお受け取りいただければ幸いである。

本書は『ベスト・オブ・ベケット』（一九九〇年／新装版二〇〇八年）の一冊として小社より刊行された。

著者紹介

サミュエル・ベケット Samuel Beckett（1906-89）
アイルランド出身の劇作家・小説家。1927 年、ダブリンのトリニティ・カレッジを首席で卒業。28 年にパリ高等師範学校に英語講師として赴任し、ジェイムズ・ジョイスと知り合う。うつ病治療のためロンドンの精神病院に通うが、37 年の終わりにパリに移住し、マルセル・デュシャンと出会う。ナチス占領下は、英国特殊作戦執行部の一員としてレジスタンス運動に参加。『モロイ』『マロウンは死ぬ』『名づけえぬもの』の小説三部作を手がけるかたわら、52 年には『ゴドーを待ちながら』を刊行（53 年に初演）。ヌーヴォー・ロマンの先駆者、アンチ・テアトルの旗手として活躍し、69 年にノーベル文学賞を受賞。ポストモダンな孤独とブラックユーモアを追究しつづけ、70 年代にはポール・オースターとも交流。晩年まで、ミニマル・ミュージックさながらの書法で、ラジオ・テレビドラマなど数多く執筆している。

訳者略歴

安堂信也 Shinya Ando（1927-2000）
1951 年早稲田大学仏文科卒
早稲田大学名誉教授

高橋康也 Yasunari Takahashi（1932-2002）
1953 年東京大学英文科卒
東京大学名誉教授

上演許可申請先

フランス著作権事務所（03-5840-8871）

白水uブックス　183

ゴドーを待ちながら

著　者　サミュエル・ベケット
訳　者 ©　安堂信也《あんどうしんや》
高橋康也《たかはしやすなり》
発行者　岩堀雅己
発行所　株式会社 白水社
東京都千代田区神田小川町 3-24
振替　00190-5-33228　〒 101-0052
電話（03）3291-7811（営業部）
（03）3291-7821（編集部）
www.hakusuisha.co.jp

2013年 6月 25日　第1刷発行
2024年 8月 30日　第16刷発行
本文印刷　株式会社精興社
表紙印刷　クリエイティブ弥那
製　　本　加瀬製本
Printed in Japan

ISBN978-4-560-07183-0

乱丁・落丁本は送料小社負担にてお取り替えいたします。